W0221652

FOLIO JUNIOR

Titre original : *The Scarecrow and his Servant*
Publié en Grande-Bretagne par Doubleday,
une division de Random House Children's Books.
© Philip Pullman, 2004, pour le texte.
© Éditions Gallimard Jeunesse, 2005, pour la traduction française.

© Peter Bailey, pour la couverture et les illustrations intérieures
Published by arrangement with Random House Children's Books,
one part of the Random House Group Ltd.

Philip Pullman

L'épouvantail et son valet

Traduit de l'anglais
par Philippe Giraudon

Illustrations
de Peter Bailey

FOLIO JUNIOR/**GALLIMARD** JEUNESSE

Pour Freddie

I

Un coup de foudre

Le vieux M. Pandolfo décida un jour qu'il était temps de confectionner un épouvantail. Il ne se sentait pas bien du tout, dernièrement, et les oiseaux lui avaient causé de sérieux ennuis. En fait, il avait eu des ennuis également avec son rhumatisme, avec les soldats, avec les intempéries, avec ses cousins. Il commençait à trouver que cela faisait beaucoup. Même sa vieille corneille apprivoisée avait pris le large.

Il ne pouvait rien contre son rhumatisme, les soldats, le mauvais temps ou ses cousins. Ces derniers étaient le pire de ses problèmes. Ils formaient la grande famille des Buffaloni, qui rêvaient de s'emparer de ses terres. Ils voulaient détourner sources et rivières et assécher tous les puits, afin de construire une usine où produire des désherbants, de la mort-aux-rats et des insecticides.

Face à tant d'ennuis, le vieux M. Pandolfo ne se sentait pas de taille. Il se sentait encore capable de s'occuper des oiseaux, toutefois. Il fabriqua donc un épouvantail qui avait fière allure, avec un gros et solide navet pour tête et un robuste balai en guise de colonne vertébrale. Il l'habilla d'un vieux costume de tweed et le rembourra avec une bonne quantité de paille. Après quoi, il glissa dedans un bref message qu'il enveloppa dans de la toile cirée pour plus de sûreté.

– Te voilà paré, déclara-t-il. Maintenant, n'oublie pas de faire ton travail et souviens-toi que je t'ai confié ce domaine. Montre-toi poli et courageux, plein d'honneur et de gentillesse. Bonne chance, vieille branche !

Il planta l'épouvantail au milieu du champ de blé puis rentra se coucher, car vraiment il ne se sentait pas bien du tout.

Dans la nuit, un autre fermier vint voler l'épouvantail, étant trop paresseux pour en confectionner un lui-même. La nuit suivante, quelqu'un s'introduisit chez le voleur et emporta à son tour la création de M. Pandolfo.

C'est ainsi qu'à force de passer de main en main l'épouvantail s'éloigna du domaine où il avait vu le jour. Il devint de plus en plus déguenillé et dépenaillé, au point de n'avoir plus rien du bel aspect que lui avait donné M. Pandolfo. Il échoua finalement au milieu d'un champ boueux, et resta là.

Une nuit, cependant, un orage éclata. Sa violence était telle que tout le voisinage en trembla de peur. Chacun frissonnait et sursautait tandis que le tonnerre se déchaînait comme une canonnade et que les éclairs zébraient le ciel comme des coups de fouet. L'épouvantail, lui, restait immobile dans le vent et la pluie, imperturbable.

Il aurait pu rester ainsi inerte à jamais. Mais il se produisit alors un de ces hasards hautement improbables qui sont comme un billet gagnant à la loterie. Ses molécules, atomes, particules élémentaires et autres s'alignèrent au grand complet précisément de façon à s'animer au premier coup de foudre, lequel survint à deux heures du matin. La foudre frappa sa tête en navet et parcourut en sifflant son balai avant de s'enfoncer dans la boue.

L'Épouvantail cligna des yeux, stupéfait, et regarda

autour de lui. Il n'y avait pas grand-chose à voir, en dehors d'un champ boueux, et guère de lumière pour éclairer ce champ, sinon l'éclat intermittent des éclairs.

Malgré tout, aucun oiseau n'était en vue.

– Parfait ! s'exclama l'Épouvantail.

Il se trouvait que cette même nuit, un petit garçon appelé Jack avait trouvé refuge non loin de là dans une grange. Le tonnerre faisait un tel vacarme que Jack se réveilla en sursaut. Il crut d'abord qu'il s'agissait d'une canonnade et se redressa brusquement, les yeux écarquillés de terreur. Rien ne lui paraissait plus terrible que les soldats et les canons. S'ils n'avaient pas existé, il aurait encore une famille, une maison et un lit où dormir.

Assis dans l'obscurité, le cœur battant, il entendit la pluie martelant violemment le toit et se rendit compte que les détonations étaient dues au tonnerre et non au canon. Avec un soupir de soulagement, il se recoucha en frissonnant et en éternuant. Après s'être retourné en tous sens dans le foin pour essayer de se réchauffer, il finit par s'endormir.

Au matin, l'orage était terminé et le ciel bleu brillait d'un éclat glacé. En se réveillant, Jack avait plus froid que jamais. Il se sentait également affamé, mais chercher de la nourriture n'avait pas de secret pour lui. Il eut tôt fait de récolter quelques grains de blé, deux fanes de navet et une carotte ramollie. Il s'assit au soleil, sur le seuil de la grange, afin de les manger.

« Ça pourrait être pire », se dit-il.

Il mangea très lentement, pour faire durer le plaisir. Puis il resta assis à se chauffer au soleil. Quelqu'un allait sûrement arriver et le chasser d'ici peu, mais pour l'instant il était en sécurité.

C'est alors qu'il entendit une voix s'élever dans les champs. Jack était d'un naturel curieux. Il se leva et abrita ses yeux avec sa main pour regarder. Les cris provenaient du champ s'étendant de l'autre côté de la route. N'ayant rien de mieux à faire, il marcha dans cette direction.

Un épouvantail était en train de vociférer au milieu du champ le plus boueux à la ronde. Tout en criant à tue-tête, il agitait ses bras désespérément et se penchait à en tomber.

– Au secours ! hurlait-il. Viens donc m'aider !

« Je crois que je perds la boussole, se dit Jack. Pauvre vieux, tout de même… Tant pis, je vais aller à son aide. Il a l'air encore plus déboussolé que moi. »

Il s'avança donc dans la boue et parvint à grand-peine au milieu du champ, où l'Épouvantail l'attendait.

Jack se sentait un peu nerveux, à vrai dire – on

n'a pas tous les jours l'occasion de faire la conversation avec un épouvantail.

– Eh bien, jeune homme, s'écria l'Épouvantail dès que Jack fut assez près. Dis-moi vite : y a-t-il des oiseaux dans les parages ? Des corneilles, par exemple ? Je ne peux pas voir dans mon dos. Est-ce qu'ils se cachent ?

Sa voix était ample et sonore. Sa tête était faite d'un gros navet bosselé, avec une large fente en guise de bouche et un long bourgeon effilé à la place du nez. Deux petits cailloux brillants lui servaient d'yeux. Il portait un chapeau de paille en lambeaux, une écharpe de laine détrempée et une vieille veste de tweed toute trouée. Ses bras en manche de râteau s'ornaient de deux gants bourrés de paille – l'un en cuir, l'autre en laine. Il arborait également un pantalon élimé. Comme il n'avait qu'une jambe, toutefois, la seconde jambe du pantalon traînait vide derrière lui. Tout ce qu'il portait était couleur de boue.

Jack se gratta la tête et regarda autour de lui.

– Non, assura-t-il. Pas de corneille en vue. Il n'y a pas un seul oiseau.

– Une bonne chose de faite, dit l'Épouvantail. Maintenant, je voudrais m'en aller, mais j'aurais besoin d'une autre jambe. Si tu voulais m'en chercher une, je t'en serais infiniment reconnaissant.

Il souleva légèrement son pantalon pour montrer un robuste bâton fiché dans la terre, et ajouta :

– Il m'en faut juste un autre exactement pareil.

– D'accord, dit Jack. Je peux faire cela pour vous.

Il se dirigea vers le bois bordant le champ et explora les broussailles afin de trouver un bâton convenable. Il eut tôt fait d'en découvrir un, qu'il rapporta à l'Épouvantail.

– Voyons ça, s'exclama l'Épouvantail. Tiens-le droit à côté de moi... Voilà, c'est parfait. A présent, glisse-le dans la seconde jambe de mon pantalon.

Le bout du bâton était tout fendillé si bien qu'il ne fut pas facile de l'introduire dans le pantalon trempé de boue, mais Jack réussit finalement à le faire remonter jusqu'en haut. Il sursauta alors en le sentant tressaillir dans sa main.

Il lâcha prise, et la nouvelle jambe se planta d'elle-même à côté de sa voisine. Cependant, dès que l'Épouvantail tenta de bouger, son second pied s'enfonça dans la boue comme le premier. Plus il se débattait, plus il s'enlisait.

Il finit par renoncer et regarda Jack. Sa bouche fendue et ses yeux en cailloux se révélaient étonnamment expressifs.

– Jeune homme, lança-t-il, j'ai une proposition à te faire. Tu m'as l'air d'un garçon honnête et serviable. Moi-même, je puis dire que je suis un Épouvantail aussi entreprenant que talentueux. Que dirais-tu si je te proposais d'entrer à mon service et de devenir mon valet ?

– En quoi consisterait mon travail ?

– Tu devrais m'accompagner à travers le monde, exécuter mes ordres, laver, faire la cuisine et subvenir à mes besoins. En récompense, je n'ai rien d'autre à t'offrir que des émotions fortes et la gloire. Il se pourrait que nous souffrions parfois de la faim, mais nous ne serons jamais à court d'aventures. Alors, mon petit ? Qu'en penses-tu ?

– C'est d'accord. Je n'ai rien d'autre à faire sinon crever de faim, et aucun refuge en dehors de fossés et de granges vides. Dans ces conditions, autant prendre un travail. J'accepte votre proposition, monsieur l'Épouvantail, et je vous remercie.

L'Épouvantail tendit sa main et Jack la serra avec chaleur.

– Ta première tâche sera de me tirer de cette boue, annonça l'Épouvantail.

Jack arracha les deux jambes de bois à leur gangue et porta jusqu'à la route son nouveau maître, lequel ne pesait presque rien.

– Par où partons-nous ? demanda Jack.

Ils regardèrent à droite et à gauche. D'un côté s'étendait une forêt, de l'autre une rangée de collines. Il n'y avait personne en vue.

– Par ici ! s'écria l'Épouvantail en désignant les collines.

Ils s'avancèrent donc avec le soleil dans le dos, en direction des hauteurs verdoyantes.

*

Non loin de là, dans une ferme, un homme de loi s'expliquait avec un fermier.

– Mon nom est Cercorelli, déclara-t-il, et je m'occupe spécialement d'enquêtes pour le compte de mes employeurs, les très honorables et distingués actionnaires de la Société Buffaloni, sise à Bella Fontana.

Le fermier poussa un hoquet de terreur. C'était un solide paysan au visage rubicond et au caractère indolent. Il n'en menait pas large face à cet avoué maigre et mielleux, vêtu de noir de la tête aux pieds.

– Oh ! Les Buffaloni ! Bien sûr, monsieur Cercorelli, balbutia-t-il. Que puis-je faire pour vous aider ? Vous n'avez qu'à parler, je suis à votre entière disposition.

– Cette affaire n'est qu'une bagatelle, mais elle revêt une importance sentimentale pour mes clients. Il s'agit d'un épouvantail. Il a été confectionné par un cousin éloigné du président de la Société et semble avoir disparu de son lieu d'origine. Mon client, M. Giovanni Buffaloni, est un homme de cœur et pousse très loin l'esprit de famille. Il désirerait que l'épouvantail reprenne sa place initiale, en mémoire du cher cousin qui l'a fabriqué.

L'avoué se mit à parcourir des papiers et le fermier passa son doigt dans le col de sa chemise en haletant.

– Eh bien, je, hem... dit-il d'une voix faible.

– On finirait par croire que les épouvantails sont capables de se déplacer ! lança M. Cercorelli avec un sourire sinistre. Ce lascar a fait un bon bout de chemin. J'ai déjà suivi sa trace dans plusieurs fermes, et voilà que je découvre qu'il est aussi venu vous rendre visite.

– Je... euh... je crois que je connais l'épouvantail dont vous parlez. Je l'ai chip... acheté à un autre fermier qui n'en avait plus besoin.

– Très bien. Puis-je aller vérifier qu'il s'agit effectivement de celui que je cherche ?

– B... bien entendu, je ferais tout pour les Buffaloni. Je ne voudrais surtout pas contrarier des gens aussi importants, mais... Comment dire ? Il a disparu.

– Disparu... *encore ?* siffla l'avoué en plissant les yeux.

– Je suis sorti ce matin pour... euh... pour le nettoyer un peu, et il n'était plus là. Remarquez qu'avec l'orage qu'il a fait la nuit dernière, il a très bien pu être emporté par le vent.

– Ciel ! voilà qui est extrêmement regrettable. M. Buffaloni tient en piètre estime les gens qui ne prennent pas soin de ses biens. Je crois pouvoir affirmer qu'il sera plus que désappointé par cette mésaventure.

Le fermier tremblait de tous ses membres.

– Si j'apprends quoi que ce soit au sujet de cet épouvantail, gémit-il, *quoi que ce soit*, je vous le ferai savoir à l'instant.

– Je pense que ce serait fort avisé de votre part, dit M. Cercorelli. Voici ma carte. Maintenant, montrez-moi le champ d'où l'épouvantail s'est envolé

II
Les brigands

Jack et l'Épouvantail marchaient d'un bon pas. En chemin, ils longèrent un champ de choux au milieu duquel se dressait un autre épouvantail. Il avait l'air lugubre, cependant, et laissait pendre lamentablement ses bras débiles.

– Bonjour, cher monsieur ! lança l'Épouvantail en lui faisant des signes de main enthousiastes.

Son confrère resta imperturbable.

– Tu vois, expliqua l'Épouvantail à Jack, voici un gaillard consciencieux. Son travail absorbe toute son attention. Il a parfaitement raison.

– Ces choux m'ont l'air bien jolis, observa Jack.

Il s'en éloigna à contrecœur et courut pour rattraper son maître, qui avançait comme un champion de course à pied. Bientôt, la route devint plus escarpée et les champs apparurent de plus en plus rocailleux, jusqu'au moment où les champs disparurent tout à fait et où la route se réduisit à un sentier. La chaleur était intense.

– Si nous ne trouvons pas au plus vite de quoi boire et manger, déclara Jack, je vais rendre l'âme.

– Oh, nous trouverons quelque chose, dit l'Épouvantail en lui tapotant l'épaule. J'ai toute confiance en toi. Du reste, là d'où je viens, nous nous y connaissons en sources, en rivières et en puits. Sans oublier les fontaines. Crois-moi, je ne vais pas être long à dénicher de l'eau.

Ils continuèrent leur marche. L'Épouvantail attirait son attention sur des curiosités géologiques – comme un rocher dont la forme évoquait un pigeon – aussi bien que botaniques – un buisson abritant un nid de rouge-gorge, par exemple – ou entomologiques – entre autres, un scarabée aussi noir qu'une corneille.

– Vous êtes un véritable expert en oiseaux, maître, s'exclama Jack.

– J'ai consacré ma vie à leur étude, mon garçon. Je pense que je pourrais faire peur à n'importe quel oiseau apparu depuis le début de la création.

– J'en suis sûr ! Mais écoutez : qu'est-ce que c'est ?

C'étaient des gémissements. Quelqu'un se lamentait à quelques pas de là. Jack et l'Épouvantail se précipitèrent et découvrirent une vieille femme assise à un carrefour, à côté d'un panier à provisions dont le contenu avait roulé en tous sens. Elle sanglotait bruyamment.

– Madame ! s'écria l'Épouvantail en soulevant son chapeau de paille avec une exquise politesse. Quel démon d'oiseau vous a traitée ainsi ?

La vieille femme leva les yeux et poussa un hoquet de surprise. Elle ouvrit et ferma la bouche à plusieurs reprises, mais aucun son n'en sortit. Après s'être remise debout non sans peine, elle finit par faire nerveusement une révérence.

– Ce sont les brigands, dit-elle, sauf votre respect, monseigneur. Ces collines sont infestées par une bande de redoutables brigands, qui dépouillent les voyageurs et rendent la vie impossible aux pauvres gens comme moi. Ces coquins viennent de passer au galop. Ils m'ont renversée au passage, les lâches, et sont partis en ricanant.

L'Épouvantail était stupéfait.

– Vous voulez dire que vous avez été victime d'*êtres humains ?*

– Absolument, Votre Honneur, dit la vieille femme.

– Jack, mon garçon... Dis-moi que ce n'est pas vrai...

Jack était occupé à ramasser les provisions échappées du panier : des pommes, des carottes, un morceau de fromage, une miche de pain. Il avait beaucoup de mal à ne rien faire tomber.

– Je crains que si, dit-il à son maître. Il y a beaucoup de méchantes gens dans les parages. Vous savez quoi ? Nous ferions mieux de rebrousser chemin et d'aller dans l'autre direction.

– Pas question ! s'exclama l'Épouvantail d'un ton sévère. Nous allons donner une leçon à ces bandits. Comment osent-ils traiter une dame d'une façon aussi infâme ? Prenez mon bras, chère madame…

Ses manières étaient si courtoises et si gracieuses que la vieille femme oublia bientôt sa tête de navet bosselée et ses bras de bois rugueux. Elle se mit à lui parler comme à un vrai galant homme.

– Oui, monsieur… Depuis que les guerres ont commencé, nous avons d'abord vu les soldats arriver en emportant tout sur leur passage, puis ç'a été le tour des brigands qui volent, assassinent et pillent à loisir. On raconte que leur chef est apparenté aux Buffaloni, ce qui leur assure des protections politiques. Nous ne savons plus à quel saint nous vouer !

– Les Buffaloni, dites-vous ? Ce nom ne me dit rien qui vaille. De qui s'agit-il ?

– Ils forment une puissante famille, monsieur. Nous n'osons pas nous mettre en travers de leur chemin.

– Vous n'avez plus rien à craindre ! déclara l'Épouvantail d'une voix résolue. Nous allons faire une telle peur aux brigands qu'ils ne reviendront plus jamais vous tourmenter.

Jack tendit à la vieille femme son panier.

– Quelles jolies pommes ! observa-t-il, plein d'espoir.

– On peut le dire, concéda-t-elle.

– Et ce pain m'a l'air fort appétissant.

– C'est vrai, dit-elle en assurant fermement le panier sous son bras.

– Ce fromage me paraît aussi bien sympathique.

– Oui, je ne dis jamais non à un morceau de fromage. Avec une lampée de bière, c'est un régal.

– Mais vous n'avez pas de bière, n'est-ce pas ? demanda Jack en regardant autour de lui.

– Non, répondit-elle. Eh bien, je vais me remettre en route.

Elle fit une nouvelle révérence à l'Épouvantail, qui souleva son chapeau et s'inclina.

– Merci, monsieur, dit-elle encore.

Puis elle s'éloigna.

Jack soupira et suivit son maître, lequel marchait déjà à grandes enjambées vers le sommet de la colline.

Quand ils l'eurent atteint, ils virent un château en ruine. Une tour était encore debout, ainsi que des vestiges de murs et de remparts, mais le reste de l'édifice s'était effondré et disparaissait sous le lierre.

– Cet endroit a l'air hanté ! s'écria Jack. Je n'aimerais pas en approcher la nuit.

– Courage, mon garçon ! rétorqua l'Épouvantail. Regarde : voici une source. Je t'avais bien dit que je trouverais de l'eau ! Bois tout ton saoul, maintenant.

Il disait vrai. Une source surgissait des rochers près du château et s'écoulait dans une petite mare. Dès qu'il la vit, Jack poussa un cri de joie et plongea son visage dans l'onde glacée, en buvant sans s'arrêter jusqu'à ce que sa soif fût étanchée.

Quand il émergea enfin, il entendit l'Épouvantail qui l'appelait.

– Jack ! Jack ! Viens voir par ici !

Jack courut jusqu'au seuil de la tour, où il trouva son maître en train d'inventorier toutes sortes d'objets : dans un coin, des tonneaux de poudre à canon, des mousquets, des épées, des poignards et des piques ; dans un autre coin, des coffres et des boîtes remplis de pièces d'or, de chaînes d'argent et de bijoux scintillants de toutes les couleurs.

– Des provisions ! s'exclama Jack.

D'énormes jambons fumés pendaient du plafond, surplombant des fromages aussi larges que des roues de charrette, des chapelets d'oignons, des caisses de pommes, des pâtés de toute espèce, du pain, des biscuits, sans compter du pain d'épice, des tartes aux fruits, des galettes au beurre et des gâteaux au miel en abondance.

Ce n'était même pas la peine d'essayer de résister. Jack s'empara d'un pâté gros comme sa tête. Une minute plus tard, il était assis au milieu des provisions et mastiquait allégrement sous le regard satisfait de l'Épouvantail.

– Quelle chance d'avoir trouvé ce trésor ! dit-il. Quand je pense que personne ne soupçonne son existence. Si seulement cette vieille dame le connaissait, elle pourrait venir se servir et c'en serait fini pour elle de la pauvreté.

– Hmm ! fit Jack en avalant une bouchée de pâté et en saisissant un pain d'épice. Je crois que la situation est un peu différente, maître. A mon avis,

tout ceci appartient aux brigands et nous ferions mieux de ne pas nous attarder, car s'ils nous attrapent ils nous couperont la gorge.

– Mais je n'ai pas de gorge !

– Eh bien, moi, j'en ai une et je n'ai aucune envie qu'on me la coupe. Écoutez, nous ne pouvons pas rester ici. Emportons quelques provisions et filons.

– Tu devrais avoir honte ! le tança l'Épouvantail. Qu'as-tu fait de ton courage ? Qu'est devenu ton honneur ? Nous allons chasser ces brigands. Nous allons leur faire une telle peur qu'ils ne reviendront jamais. Je ne serais pas étonné que nous recevions une récompense magnifique. Ma foi, on me fera peut-être même duc ! A moins qu'on ne me donne une médaille d'or. Vraiment, je n'en serais pas autrement surpris.

– Qui sait ?

Soudain, l'Épouvantail tendit le bras vers un tas de paille.

– Oh, regarde ! Qu'est-ce que c'est ?

Quelque chose bougeait. Une petite créature, de la taille d'une souris, se traînait faiblement sur le sol au milieu des brins de paille. Ils se penchèrent de concert pour l'examiner.

– C'est un oisillon, constata Jack.

– Un bébé hibou, voilà ce que c'est ! s'exclama l'Épouvantail d'une voix sévère. Ses parents n'ont aucun sens de leurs responsabilités. Regarde-moi où ce nid est perché ! C'est excessivement dangereux.

Il désigna un amas de brindilles mal rangées dans une fente, tout en haut du mur.

– Eh bien, il n'y a qu'une chose à faire. Monte la garde, Jack, pendant que je replace ce nourrisson dans son berceau.

– Mais… essaya de protester Jack.

L'Épouvantail ne l'entendit même pas. Il se pencha pour ramasser l'oisillon qu'il glissa délicatement dans sa poche, en poussant de petits gloussements pour le rassurer. Après quoi il commença la périlleuse ascension du mur abrupt, en fichant ses mains et ses pieds dans les fissures.

– Prenez garde, maître ! cria Jack avec affolement. Si vous tombez, vous vous casserez comme un vulgaire bâton !

L'Épouvantail ne lui prêta aucune attention tant il était concentré. Jack courut vers la porte et regarda à la ronde. La nuit tombait mais les brigands ne se manifestaient pas. Il se précipita de nouveau dans la tour et aperçut son maître tout en haut du mur, s'accrochant d'une main tandis que de l'autre il fouillait dans sa poche. L'Épouvantail tendit le bras et déposa avec précaution le petit hibou dans le nid.

– Et maintenant, tiens-toi tranquille, dit-il d'un

ton ferme. Fini de gigoter, compris ? Quand on ne sait pas voler, on ne gigote pas. J'aurai un mot à dire à tes parents lorsque je les verrai.

Il entreprit ensuite de regagner la terre ferme. La descente semblait si dangereuse que Jack osait à peine le regarder, mais l'Épouvantail finit par arriver à bon port. Il s'essuya les mains d'un air sévère.

– Je croyais que les oiseaux étaient vos ennemis, maître, observa Jack.

– Pas les enfants, Jack ! Bonté divine ! Un homme d'honneur se ferait couper la jambe plutôt que de faire mal à un enfant. Le Ciel nous en préserve !

– Sacrebleu, dit Jack.

Pendant que l'Épouvantail furetait dans les ruines avec une curiosité insatiable, Jack prit deux pâtés, une miche de pain et une demi-douzaine de pommes qu'il fourra dans une sacoche en cuir pendue à un crochet près des mousquets. Il la cacha dans le lierre recouvrant l'extérieur du mur écroulé.

Le soleil s'était couché désormais, et il faisait presque nuit. Assis sur les pierres, Jack songea aux brigands. Que faisaient-ils aux malheureux qu'ils attrapaient ? Ils n'étaient pas comme les épouvantails ou les hommes d'honneur ; sans doute ressemblaient-ils plutôt aux soldats. Ils devaient faire des choses horribles, comme vous attacher pour vous découper en morceaux, ou vous balancer au-dessus d'un feu, ou mettre des perce-oreilles au bout de votre nez. Ils étaient capables de vous arracher les côtes. Ou de fourrer des fusées de feu d'artifice dans votre pantalon. Ou encore…

Quelqu'un lui tapota l'épaule et Jack se releva d'un bond en poussant un hurlement.

– Ma parole, déclara l'Épouvantail avec admiration, quelle belle voix tu as ! Je venais juste te dire que les brigands arrivent.

– Quoi ? lança Jack terrorisé.

– Allons, allons. C'est une toute petite bande. A mon avis, ils ne sont pas plus de vingt. D'ailleurs, j'ai un plan.

– Racontez-moi vite !

– Fort bien. C'est très simple : nous nous cacherons dans le château jusqu'à leur arrivée ; quand ils seront au complet, nous leur ferons si peur qu'ils s'enfuiront à toutes jambes. Qu'en dis-tu ?

Jack resta sans voix. L'Épouvantail était radieux.

– Suis-moi, dit-il. J'ai trouvé une cachette idéale.

Désemparé, Jack rentra avec son maître dans la tour et fouilla du regard l'obscurité.

– Où est donc cette cachette idéale ? demanda-t-il.

– Ici, voyons ! répondit l'Épouvantail en désignant un coin de la pièce bien en vue. Ils n'auront jamais l'idée de regarder de ce côté.

– Mais… mais… mais…

Jack entendait déjà le fracas des sabots dehors. Il se blottit dans le coin à côté de l'Épouvantail, serra ses genoux pour les empêcher de trembler et mit ses mains sur ses yeux afin que personne ne puisse le voir. Puis il attendit que les brigands fassent leur entrée.

III

Une histoire au coin du feu

Ces brigands étaient remarquablement disciplinés. Jack les observa entre ses doigts tandis qu'ils entraient en silence et s'asseyaient autour de la cheminée. Leur chef avait l'air féroce. Il portait deux cartouchières pleines en travers de ses épaules, une autre à sa taille, un sabre, deux pistolets et rien moins que trois poignards : le premier glissé dans sa ceinture, le second attaché à son bras et le troisième dans le revers de sa botte. En outre, si jamais il venait à perdre toutes ses armes, il avait encore la ressource d'embrocher deux victimes à la pointe de ses longues moustaches qu'une épaisse couche de cosmétique rendait aussi acérées que des épingles.

Il roulait les yeux avec fureur en regardant ses

hommes – Jack était presque sûr qu'ils jetaient des étincelles.

Il semblait évident que le brigand allait les découvrir d'un instant à l'autre, lui et son maître. Ce fut donc par désespoir autant que par bravade que Jack se leva et lança :

– Bonsoir, messieurs, et bienvenue dans le château de mon maître !

Sur ces mots, il s'inclina profondément.

Quand il regarda à la ronde, il vit vingt épées et vingt pistolets braqués sur lui, et vingt paires d'yeux aussi menaçants que des armes.

Le chef des brigands rugit :

– Qui est cet avorton ?

– C'est un jeune fou, capitaine, dit l'un de ses hommes. On le fait rôtir ?

Le chef s'approcha de Jack et tâta ses côtes du bout de son épée.

– Non, déclara-t-il. En fait de viande, ce gamin n'a que des os et du cartilage. Il pourrait parfumer un ragoût, à la rigueur. Tourne-toi, mon gars.

Jack se tourna et se

retourna. Le brigand secoua la tête d'un air indécis.

– Tu dis que ce château appartient à ton maître ? demanda-t-il.

– Absolument, monsieur. Et vous êtes les bienvenus.

– Peut-on savoir qui est ton maître ?

– Monseigneur l'Épouvantail, déclara Jack en montrant du doigt l'Épouvantail affalé dans le coin, contre le mur, aussi inerte qu'on pouvait l'attendre d'un navet, d'un vieux costume et de quatre ou cinq bâtons.

Le chef des brigands éclata d'un rire tonitruant, et ses hommes si bien entraînés se tapèrent les cuisses en s'esclaffant bruyamment.

– Il est fou ! s'écria le chef. Il a perdu la raison !

– C'est exact, monsieur, dit Jack. Voici des mois que je suis à sa recherche.

– Quel goût ont les fous ? s'enquit l'un des brigands. Ont-ils une saveur différente des gens normaux ?

– Plus relevée, assura un autre. Avec un arrière-goût poivré.

– Il n'est pas question de le manger ! intervint le chef. Il nous servira d'animal de compagnie. Nous lui apprendrons des tours. Allez, jeune fou. Vas-y, fais-nous un saut périlleux.

Jack fit une culbute et se releva.

– Il est rapide, pas vrai ? s'exclama un brigand.

– Mais je parie qu'il ne sait pas danser, dit un de ses compagnons.

– Danse, jeune fou ! rugit le chef.

Jack se mit docilement à gambader comme un singe. Puis il sautilla comme une grenouille et cabriola comme une chèvre. Les brigands étaient de bonne humeur, maintenant. Ils l'applaudirent en hurlant de rire.

– Du vin ! brailla le chef. Arrête de danser, jeune fou, et verse-nous du vin !

Jack dénicha une bonbonne de vin et fit le tour des brigands en remplissant les gobelets qu'ils lui tendaient.

– Trinquons ! s'écria le chef. Au pillage !

– Au pillage ! crièrent les brigands.

Ils vidèrent leurs gobelets d'un seul trait, si bien que Jack dut remplir une nouvelle tournée.

Pendant ce temps, quelques brigands allumaient un feu et dépeçaient d'imposants quartiers de viande. Jack regarda cette viande avec une certaine appréhension, mais elle avait tout l'air d'être du bœuf. En tout cas, elle répandit un fumet délicieux quand elle commença à cuire.

Pendant qu'elle rôtissait, le chef fit le compte des bijoux et des pièces d'or qu'ils avaient volés et les divisa en vingt tas – un gros et dix-neuf petits. Tout en comptant, il lança à Jack :

– Allez, jeune fou. Raconte-nous une histoire.

Jack était fort embarrassé. Il lui fallait obéir, cependant, sans quoi il risquait d'avoir de sérieux ennuis. Il s'assit donc et commença :

– Il était une fois une bande de brigands qui vivaient dans une grotte. Ils étaient d'une méchanceté et d'une cruauté inimaginables. Le moindre d'entre eux était un assassin patenté.

« Bref, ils se mirent un jour à se disputer entre eux. Et ils avaient à peine échangé quelques arguments que déjà l'un d'eux gisait mort sur le sol de la grotte.

« Leur chef dit alors :

« – Sortez-moi ce cadavre et enterrez-le. Il fait désordre.

« Ils soulevèrent donc le mort, l'emportèrent dehors et creusèrent un trou où ils le jetèrent. Quand ils voulurent combler cette fosse, toutefois, le mort ne cessa de rejeter la terre à l'extérieur.

« – Il n'est pas question que vous m'enterriez ! dit-il en s'extrayant du trou.

« – Oh que si ! rétorquèrent les autres.

« Ils entreprirent de le fourrer derechef dans sa tombe, mais chaque fois qu'ils l'y remettaient, il ressortait aussitôt. Et pourtant il était bel et bien mort ! Ils finirent par l'ensevelir dans la fosse, sur laquelle sept brigands restèrent assis pendant que leurs compagnons empilaient dessus des rochers. C'est ainsi que l'affaire fut enfin réglée.

« – Cette fois, il se tiendra tranquille, déclara le chef.

« Ils rentrèrent alors dans la grotte et allumèrent un feu pour préparer le souper. Après avoir mangé force viandes et bu du vin en abondance, ils s'étendirent pour dormir.

« Au milieu de la nuit, cependant, l'un des brigands se réveilla. La grotte était silencieuse. Le clair de lune éclairait faiblement l'entrée. Le brigand avait été réveillé par un bruit. Une sorte de raclement assourdi, presque imperceptible, comme si un rocher glissait doucement sur un autre rocher. Il resta immobile, les yeux écarquillés, en tendant désespérément l'oreille. Et de nouveau, il entendit le bruit...

Tous les brigands étaient assis autour de Jack, tétanisés, et le fixaient avec des yeux craintifs.

« A l'aide, se dit-il. Que vais-je raconter maintenant ? »

Mais il n'eut pas besoin de continuer son histoire, car le silence fut soudain troublé par un raclement assourdi, comme si un rocher glissait doucement sur un autre rocher.

Les brigands sursautèrent comme un seul homme en poussant un gémissement de frayeur.

– A ce moment, dit Jack, il vit... *Regardez ! Regardez !*

Il désigna d'un geste théâtral le coin où gisait l'Épouvantail. Toutes les têtes se tournèrent sur-le-champ dans cette direction.

L'Épouvantail redressa lentement le navet bosselé lui tenant lieu de tête et regarda fixement les brigands.

Même leur chef ne put retenir un hoquet de frayeur.

L'Épouvantail tendit ses bras, ploya ses jambes et se leva. Il fit un pas vers eux...

Les brigands au grand complet bondirent sur leurs pieds et s'enfuirent en criant d'horreur. Ils se précipitèrent vers la sortie, en se renversant les uns les autres dans leur affolement. Certains tombèrent dans le feu, dont ils s'échappèrent avec des gémissements de douleur. Ils dispersèrent au passage les bûches enflammées, plongeant ainsi la salle dans l'obscurité. Les ténèbres portèrent leur désarroi à son comble et ils se mirent à hurler d'effroi. Ceux qui y voyaient encore un peu distinguèrent la grosse tête bosselée de l'Épouvantail s'avançant vers eux, ce qui aggrava encore la bousculade générale...

En moins de dix secondes, les brigands se retrouvèrent sur la route qu'ils dévalèrent en poussant des cris de terreur.

Stupéfait, Jack s'immobilisa sur le seuil et les regarda disparaître au loin.

– Eh bien, maître, s'exclama-t-il. Tout s'est déroulé exactement comme vous l'aviez prévu.

– Pour faire peur, il suffit d'attendre le moment opportun, répliqua l'Épouvantail. C'est le secret de l'épouvante. J'ai attendu qu'ils soient détendus, plongés dans une ambiance agréable et apaisante, tu vois, après quoi je me suis levé et je les ai proprement terrifiés. Ils s'attendaient à tout sauf à ça ! Je dois dire que ton histoire n'a pas été inutile. Elle a certainement contribué à adoucir leur humeur.

– Hmm, dit Jack. Peut-être, mais ils vont sûrement revenir car ils n'ont pas eu le temps de dîner. Je pense que nous devrions décamper avant leur retour.

– Crois-moi, rétorqua l'Épouvantail d'un ton solennel, ces coquins ne reviendront jamais. Ils sont différents des oiseaux, vois-tu. Avec les oiseaux, il faut recommencer le travail chaque jour. Quand on a affaire à des brigands, en revanche, il suffit de les effrayer une bonne fois.

– Vous avez déjà eu raison une fois, maître. Espérons que vous êtes encore dans le vrai !

– Tu peux en être certain, mon garçon. Mais tu sais, tu n'aurais pas dû leur dire que j'étais le seigneur de ce château. Ce n'était pas absolument exact. En réalité, je suis le seigneur de la Vallée aux Sources.

– La Vallée aux Sources ? Où est-ce ?

– Oh, à des lieues d'ici. Terriblement loin. Mais tout m'appartient, là-bas.

– Vraiment ?

– La moindre parcelle de terrain est à moi. La ferme, les puits, les fontaines, les rivières – absolument tout.

– Comment le savez-vous, maître ? Je veux dire, êtes-vous en mesure de le prouver ?

– Le nom de la Vallée aux Sources est gravé dans mon cœur, Jack ! Enfin, maintenant que je me suis reposé, je suis impatient de reprendre la route et de découvrir le monde à la lueur de la lune. Peut-être allons-nous rencontrer les parents de ce pauvre bébé hibou ? Ma parole, il me tarde de les épouvanter comme ils le méritent. Tu peux emporter autant de provisions que tu en as envie. Les brigands n'en auront plus besoin, désormais.

Jack alla chercher la sacoche remplie de victuailles qu'il avait cachée. Pour plus de sûreté, il ajouta un pâté et un poulet rôti froid. Après quoi il suivit son maître sur la grand-route que la lune illuminait.

*

Au même moment, M. Cercorelli, l'avoué, était assis à une table en bois, dans la cuisine d'une modeste maison de campagne, en face d'une vieille femme qui mangeait du pain et du fromage.

– Il ressemblait à un épouvantail, dites-vous ? demanda-t-il en prenant une note.

– Absolument, monsieur. Quelle affreuse brute ! Il m'a sauté dessus de derrière les fourrés. Seigneur, j'ai cru que ma dernière heure était venue. J'ai eu tellement peur que j'ai laissé tomber tout mon pain et mon fromage. Il a fallu l'arrivée du jeune M. Buffaloni et de ses gentils amis pour que je me sente de nouveau en sûreté.

– Et avez-vous vu quelle direction prenait ce malandrin aux allures d'épouvantail ?

– Oui, monsieur. Il est parti du côté des collines. Je ne serais pas surprise qu'il soit allé rejoindre une bande de voyous de son genre.

– C'est certain. Et ce coquin était seul ?

– Non, monsieur. Il était accompagné d'un jeune garçon. Un gamin à l'air méchant. Étranger, selon toute apparence.

– Un jeune garçon ? marmonna l'avoué en prenant une nouvelle note. Je vous remercie. Voilà qui est fort intéressant.

M. Cercorelli n'avait rien mangé de la journée. Il s'exclama :

– Sapristi ! Ce fromage m'a l'air vraiment délicieux !

– C'est bien vrai, dit la vieille femme en l'éloignant de son vis-à-vis. Il est exquis. J'adore le fromage.

M. Cercorelli poussa un soupir et se leva.

– N'oubliez pas de me prévenir si vous entendez de nouveau parler de ce scélérat, dit-il. M. Buffaloni offre une récompense des plus généreuses. Bonsoir, madame.

IV
Les comédiens ambulants

Après une bonne nuit de sommeil sous une haie, Jack et l'Épouvantail se réveillèrent par une matinée radieuse.

– Voilà ce que j'appelle vivre ! s'écria l'Épouvantail. La route qui s'offre à nous, l'air frais et l'aventure à portée de la main.

– L'air frais est parfait pour vous, maître, observa Jack en enlevant des feuilles tombées sur ses cheveux. Mais moi, j'aime dormir dans un lit. Il y a si longtemps que je n'en ai pas vu que je ne me rappelle même plus si on met les couvertures sur les draps ou l'inverse.

– Laisse-moi juste le temps d'aller présenter mes hommages à un collègue, dit l'Épouvantail.

Ils s'étaient réveillés non loin d'un carrefour. Un

poteau indicateur se dressait à l'endroit où les routes se croisaient. Il était cependant impossible de lire les directions que désignaient ses quatre bras en bois car des années de soleil et de pluie avaient complètement écaillé la peinture.

L'Épouvantail se dirigea vers le poteau indicateur et le salua poliment. Le poteau ne lui prêta aucune attention – pas plus que Jack, lequel était occupé à couper une tranche de viande froide avec son canif afin de la glisser dans une rondelle de pain.

Un craquement retentit soudain.

Jack leva les yeux et vit l'Épouvantail, fou de colère, frapper de toutes ses forces le bras le plus proche du poteau indicateur.

– Tenez, coquin ! Tenez, insolent ! cria-t-il en le frappant derechef.

Malheureusement, le premier coup devait avoir desserré une vis quelconque dans le poteau, car au second coup ses quatre bras pivotèrent de concert et l'Épouvantail fut atteint violemment à la nuque.

Il tomba à la renverse en glapissant :

– Lâche ! Traître !

Se relevant d'un bond, il saisit le bras qui l'avait frappé et l'arracha bel et bien.

– Prenez ça, infâme malandrin ! hurla-t-il en rouant de coups le poteau avec le bras arraché. Battez-vous loyalement ou rendez-vous !

L'ennui, c'était que, chaque fois qu'il atteignait le poteau, ce dernier pivotait brutalement et le frappait par-derrière. L'Épouvantail tenait ferme, cela dit, et ripostait vaillamment.

– Maître ! Maître ! s'écria Jack en sautant sur ses pieds. Ce n'est pas un malandrin, c'est un poteau indicateur !

– Il s'est déguisé, rétorqua l'Épouvantail. Ne te mêle pas de cette affaire. Tout malandrin qu'il est, ne t'en fais pas, je vais m'occuper de lui.

– D'accord, maître. C'est un malandrin, puisque vous le dites. Mais je pense qu'il a été suffisamment corrigé, maintenant. Je suis certain de l'avoir entendu gémir qu'il se rendait.

– Vraiment ? Tu en es sûr ?

– Sans l'ombre d'un doute, maître.

– Dans ce cas…

L'Épouvantail s'interrompit brusquement en apercevant avec horreur son propre bras droit, qui était en train de glisser lentement hors de la manche de sa veste. Le manche de râteau s'était détaché du balai servant de colonne vertébrale.

– Les bras m'en tombent ! s'exclama-t-il atterré.

De fait, Jack ne put que constater que le manche de râteau, lequel avait toujours été sec et cassant, était désormais fendu en plusieurs endroits sous l'effet des coups échangés avec le poteau indicateur.

– J’ai une idée, maître. Le bras de ce gaillard est en meilleur état que le vôtre. Pourquoi ne pas l’introduire à sa place dans votre manche ?

– C’est génial ! s’écria l’Épouvantail tout ragaillardi.

Jack se mit sur-le-champ au travail. Comme le bâton devenu la seconde jambe de l’Épouvantail, le bras arraché au poteau tressaillit en touchant son épaule et se mit aussitôt en place.

L’Épouvantail admira son nouveau bras, dont il fit l’essai en l’agitant en tous sens et en s’entraînant à désigner des objets avec le doigt en bois à son extrémité.

– Jack, mon garçon, on peut dire que tu es doué ! Tu as l’étoffe d’un chirurgien. Peut-être même pourrais-tu être charpentier.

Se tournant vers le poteau indicateur, il ajouta d’un ton sévère :

– Quant à vous, canaille, que ceci vous serve de leçon.

– Je ne pense pas qu'il attaquera les gens à l'avenir, maître. A mon avis, vous lui avez réglé son compte. Par où partons-nous, maintenant ?

– Par là, dit l'Épouvantail en pointant son nouveau doigt avec assurance vers une des routes.

Jack mit sa sacoche sur son épaule et ils reprirent leur voyage.

Après avoir marché d'un bon pas pendant une heure, ils atteignirent les faubourgs d'une ville. C'était sans doute le jour du marché, car des paysans affluaient avec des charrettes remplies de légumes, fromages et autres marchandises. Parmi eux se trouvait un oiseleur. Il transportait une foule de cages abritant de petits oiseaux chanteurs, tels que des linottes, des alouettes et des chardonnerets. Ce spectacle intéressa vivement l'Épouvantail.

– Ce sont des prisonniers de guerre, expliqua-t-il à Jack. Je suppose qu'on les renvoie dans leur pays d'origine.

– C'est peu probable, maître. Je pense plutôt que des gens vont les acheter et les garder en cage afin de les entendre chanter.

– Mais non ! s'exclama l'Épouvantail. Jamais des êtres humains ne se comporteraient ainsi. Ma parole, ce serait contraire à toutes les règles de l'honneur. Crois-moi, il s'agit de prisonniers de guerre.

Ils arrivèrent bientôt sur la place du marché. L'Épouvantail regarda avec stupeur l'hôtel de ville, l'église et les halles.

– Je n'imaginais pas que la civilisation était parvenue à un tel raffinement, dit-il à Jack. Ma foi, cet endroit soutient presque la comparaison avec Bella Fontana. Quelle industrie ! Quelle beauté ! Quelle magnificence ! Je suis bien sûr qu'on ne trouverait rien de pareil dans le royaume des oiseaux.

Jack aperçut des enfants qui montraient du doigt l'Épouvantail en chuchotant.

– Écoutez, maître, dit-il. Je ne crois pas que nous...

– Regarde-moi ça ! l'interrompit l'Épouvantail au comble de l'enthousiasme.

Il indiqua d'un geste une tente où un charpentier clouait des planches afin de soutenir une toile sur laquelle un paysage sauvage était peint en couleurs vives.

– On va donner une pièce de théâtre, expliqua Jack. Cette toile s'appelle un décor. Des comédiens se mettent devant et interprètent une histoire.

L'Épouvantail écarquilla ses yeux autant qu'il le pouvait. Comme attiré par un aimant, il s'approcha de la tente. Elle était flanquée d'un panneau portant une affiche colorée dont un homme exposait à voix haute le contenu, à l'intention de ceux qui ne savaient pas lire :

– *La Tragique Histoire d'Arlequin et de la Reine Didon. Jouée par la Célèbre Troupe du Signor Rigatelli, après ses Triomphes à Paris, Venise, Madrid et Constantinople. Effets Scéniques incluant une Bataille et un Naufrage, une Danse des Esprits Infernaux et l'Éruption du Vésuve. Tous les jours à midi, en milieu d'après-midi et au coucher du soleil. Représentation Spéciale le soir avec des Attractions Pyrotechniques.*

L'Épouvantail était surexcité.

– Je veux voir *toutes* les représentations, déclara-t-il. Que le spectacle ne s'interrompe jamais !

– Le spectacle n'est pas gratuit, maître, objecta Jack. Il faut payer. Et nous n'avons pas un sou en poche.

– Dans ce cas, je vais offrir mes services comme acteur.

Il se mit à appeler à tue-tête :

– Signor Rigatelli !

Un gros homme en robe de chambre sortit de derrière le décor en mangeant un morceau de salami.

– Eh bien ? dit-il.

– Signor Rigatelli, commença l'Épouvantail. Je…

– Sapristi ! s'exclama le gros homme.

Il se tourna vers Jack :

– C'est excellent. Fais-le encore !

– Mais je ne fais rien, répliqua Jack.

– Excusez-moi, reprit l'Épouvantail. Je voudrais...

– Voilà ! Stupéfiant ! s'exclama Rigatelli.

– Qu'y a-t-il de stupéfiant ? demanda Jack. De quoi parlez-vous ?

– De ton numéro de ventriloque, petit. Allez, recommence.

L'Épouvantail intervint de nouveau :

– Signor Rigatelli, ma patience a des limites. J'ai l'honneur de me présenter à vous comme un acteur à l'expérience modeste mais au talent phénoménal... Qu'est-ce que vous fabriquez ?

Le directeur de la troupe fit le tour de l'Épouvantail en l'examinant sous toutes les coutures. Il souleva même le bas de sa veste afin de voir comment il fonctionnait. L'Épouvantail recula d'un bond, hors de lui.

– Tout va bien, maître ! se hâta de lancer Jack. Ne vous fâchez pas !

Il s'adressa au signor Rigatelli d'un ton conciliant :

– C'est juste qu'il brûle d'envie d'être comédien, voyez-vous. Et je suis son agent.

– Je n'ai jamais rien vu d'aussi fort ! s'exclama le

célèbre directeur. Je serais incapable de dire comment ça marche. Tu sais quoi ? Nous allons l'employer comme accessoire dans la scène de la folie. Il se tiendra immobile sur la lande désolée quand la reine se mettra à délirer. S'il fait bonne impression, il pourra aussi jouer un esprit infernal. Tu peux le faire danser ?

– Je n'en suis pas sûr, dit Jack.

– Eh bien, il n'aura qu'à suivre les autres. Premier rideau dans dix minutes.

Sur ces mots, Rigatelli fourra le reste de salami dans sa bouche et rentra dans sa roulotte.

L'Épouvantail était aux anges.

– Un accessoire ! s'écria-t-il. Je vais être un *accessoire !* Te rends-tu compte, Jack, qu'il s'agit là de la première étape d'une carrière glorieuse ? Songe que d'emblée me voici accessoire ! Il a dû être très impressionné.

– C'est probable.

L'Épouvantail se glissait déjà derrière le décor.

– Maître ! l'appela Jack. Attendez !

Il le retrouva en train d'observer avec un vif intérêt un comédien occupé à se maquiller devant un miroir.

– Bonté divine ! glapit le comédien en apercevant soudain l'Épouvantail.

Il se leva d'un bond et fit tomber sa boîte à fards.

– Bonjour, cher monsieur, dit l'Épouvantail.

Permettez-moi de me présenter. Je dois jouer le rôle d'un accessoire. Cela vous dérangerait-il que je me serve de votre maquillage ?

Le comédien déglutit péniblement et regarda autour de lui. En voyant Jack, il demanda :

– Quel est ce personnage ?

– C'est monseigneur l'Épouvantail. Le signor Rigatelli a dit qu'il pouvait figurer dans la scène de la folie.

Jack se tourna vers l'Épouvantail, lequel s'était assis et contemplait d'un air absorbé les pots de fard et de poudre.

– Écoutez, maître. Vous savez ce qu'est un accessoire, n'est-ce pas ?

– Son rôle est essentiel, dit l'Épouvantail tout en peignant deux lèvres rouge vif sur son navet.

– Bien sûr, mais il s'agit de ce qu'on appelle un rôle muet. Vous ne devez ni bouger ni parler.

– Quelle est cette histoire de fous ? s'exclama le comédien.

– C'est *mon* histoire, répondit fièrement l'Épouvantail. Je joue dans la scène de la folie.

Il souligna chacun de ses yeux d'un trait noir et plaqua du rouge sur ses joues. Le comédien le regardait, hébété.

– Le maquillage vous va à ravir, maître, observa Jack. Mais il ne faudrait pas forcer la note.

– Tu penses qu'il convient d'être subtil ?

– Absolument, maître. Surtout pour la scène de la folie.

– Très bien. Peut-être une perruque me donnerait-elle l'air encore plus subtil…

– Pas celle-ci ! s'écria Jack en lui ôtant des mains une perruque blonde et bouclée. Et souvenez-vous : vous ne devez ni bouger ni parler.

– Tout sera dans mon regard, assura l'Épouvantail en reprenant la perruque et en l'ajustant sur son navet.

Le comédien lui jeta un coup d'œil horrifié et sortit.

– Maintenant, dit l'Épouvantail, il me faut un costume. Ceci fera l'affaire.

Il décrocha un manteau écarlate et le drapa sur ses épaules. Désespéré, Jack se prit la tête dans les mains et suivit l'Épouvantail dans les coulisses où comédiens, musiciens et machinistes mettaient la dernière main aux préparatifs. Les objets de curiosité ne manquaient pas et Jack dut interrompre l'Épouvantail qui voulait tout lui expliquer.

– Oui, maître. Mais chut ! Maintenant que le public a pris place, nous devons tous nous tenir tranquilles...

– C'est elle ! dit une actrice d'une voix furieuse.

Elle arracha la perruque du crâne de l'Épouvantail et lança à Jack :

– Quelle est cette plaisanterie ? Comment oses-tu mettre ma perruque sur cette chose ?

– Veuillez me pardonner, s'exclama l'Épouvantail en sautant sur ses pieds et en s'inclinant profondément. Je ne voudrais vous contrarier pour rien au monde, madame, mais vous êtes déjà si belle que vous n'avez que faire d'une parure. Alors que moi...

L'actrice le considéra d'un œil critique tout en ajustant la perruque sur sa tête.

– Pas mal, dit-elle à Jack. J'ai vu pire. J'avoue que ton truc m'échappe. Mais gare à toi si tu t'avises encore de toucher à mes affaires, compris ?

– Je suis désolé, assura Jack.

L'actrice s'éloigna avec majesté.

– Quelle grâce ! Quelle beauté ! s'écria l'Épouvantail en la suivant des yeux.

– Oui, maître, mais *chut !* Asseyez-vous, je vous en prie. Il faut *garder le silence !*

A cet instant, on entendit un fracas de cymbales et une sonnerie de trompette.

– Mesdames et messieurs ! lança le signor Rigatelli d'une voix de stentor. Nous avons l'honneur de vous présenter la tragédie pitoyable et douloureuse d'Arlequin et de la reine Didon, avec des effets scéniques et picturaux inédits et les intermèdes les plus comiques jamais vus sur la scène d'un théâtre ! Le spectacle que nous vous donnons aujourd'hui est patronné par la Société Buffaloni de Charcuterie, qui produit le meilleur salami de la ville. Salami Buffaloni, le Saucisson du Sourire !

« Encore les Buffaloni, songea Jack. Ils sont vraiment partout. »

Après un roulement de tambours, le rideau se leva. Jack et l'Épouvantail regardèrent en ouvrant de grands yeux le début de la pièce. L'intrigue laissait à désirer, mais le public fut ravi de voir Arlequin faire semblant de perdre un chapelet de saucisses puis d'avaler une mouche. Le comédien bondit d'un bout à l'autre de la scène tandis qu'elle bourdonnait dans son estomac. Ensuite, la reine Didon fut abandonnée par le capitaine Fanfaron, son amant. Folle de chagrin, elle sortit de scène en courant – c'était l'actrice à la perruque blonde.

– Allez, petit ! appela à voix basse le signor Rigatelli. Installe-le vite, on arrive à la scène de la folie. Plante-le au milieu du décor et file !

L'Épouvantail écarta largement les bras tandis que Jack le portait sur la scène.

– Je serai le meilleur accessoire qu'on ait jamais vu ! proclama-t-il. On parlera encore de mon interprétation dans des années.

Jack posa un doigt sur ses lèvres et quitta la scène sur la pointe des pieds. Dans les coulisses, il se retrouva face à face avec la reine Didon, laquelle s'apprêtait à faire son entrée. Elle paraissait furieuse.

– Que vient faire cette chose dans le décor ? demanda-t-elle d'un ton tranchant.

– C'est un accessoire, expliqua Jack.

– Si jamais tu le fais bouger ou parler, je t'écorche vif. De mes propres mains.

Jack déglutit et se hâta d'acquiescer.

Le rideau se leva et Jack sursauta, car la reine se précipita sur la scène en poussant un cri sauvage.

– Ah ! Oh ! Malheureuse que je suis ! hurla-t-elle.

Elle se jeta sur le sol sous les yeux fascinés du public. L'Épouvantail était captivé, lui aussi. Jack vit ses yeux s'écarquiller tandis qu'il regardait l'ac-

trice qui se vautrait par terre, gémissait d'une voix stridente et feignait de s'arracher les cheveux.

– Hélas ! Hélas ! geignit-elle en se contorsionnant et en envoyant des baisers dans l'air. Je languis, je brûle pour Fanfaron ! Voici du romarin, la fleur du souvenir. Ah, cruel ! Le traître était avec sa bien-aimée. Vois, je te porte une marguerite. Ah ! Ah !

Jack était très impressionné. C'était là assurément du grand art.

Brusquement, elle s'assit et se mit à effeuiller une marguerite imaginaire.

– Il m'aime un peu, beaucoup, à la folie, pas du tout… Marguerite, ô marguerite, donne-moi ta réponse ! Puisse mon cœur déborder et éteindre les flammes de mon chagrin ! Ah, cruel Fanfaron, tu es un infâme !

Jack surveillait de près l'Épouvantail. En voyant que ce nigaud avait l'air de plus en plus inquiet, il chuchota :

– Ne vous en mêlez pas, maître ! Ce n'est que du théâtre, restez tranquille !

Manifestement, l'Épouvantail essayait de se contenir. Il se contentait de tourner très lentement la tête pour suivre les mouvements de la souveraine éplorée. Cependant ce geste suffit pour attirer l'attention d'un ou deux spectateurs, lesquels poussèrent du coude leurs voisins en montrant du doigt cet accessoire singulier.

La reine Didon se releva péniblement, les mains pressées sur son cœur. Soudain, l'Épouvantail se rendit compte qu'elle tenait un poignard. Comme elle lui tournait le dos, elle ne put le voir alors qu'il se penchait pour tenter d'apercevoir ce qu'elle faisait, une expression alarmée peinte sur son visage bosselé.

– Ah ! Oh ! Hélas ! Les affres de ma douleur déchirent mon âme comme des tenailles brûlantes ! Ahhhhhhhhh...

Elle lança un long cri désespéré, commençant du plus haut de sa voix puis redescendant jusqu'à la note la plus basse dont elle fût capable. Elle était célèbre pour ce cri. Des critiques avaient dit qu'il touchait au tréfonds de l'angoisse, qu'il attendrirait un cœur de pierre, que personne ne pouvait l'entendre sans verser des flots de larmes.

Cette fois, pourtant, elle eut l'impression que le public était distrait. Certains spectateurs se mirent même à rire. C'était d'autant plus pénible que dès qu'elle se retourna pour voir si l'Épouvantail était cause de cette hilarité, il se rappela aussitôt son rôle et s'immobilisa, le regard fixe, comme s'il n'était rien d'autre qu'un bâton surmonté d'un navet.

Après lui avoir lancé un regard aussi soupçonneux que furibond, l'actrice résolut d'essayer une nouvelle fois son cri fameux.

– *Waaahhh-aahhh-aaaahhhh*... gémit-elle avec force trémolos, en passant du cri suraigu d'une chauve-souris au geignement d'une vache affligée de crampes d'estomac.

Derrière elle, l'Épouvantail reproduisit fidèlement les gestes de la tragédienne secouant la tête, agitant les bras et se laissant lentement glisser à terre. Il ne pouvait pas s'empêcher de l'imiter, tant il se sentait ému. Bien entendu, le public trouva cela désopilant. Les spectateurs rirent à gorge déployée en se tapant sur les cuisses, dans une tempête d'applaudissements, de sifflements et de bravos.

La reine Didon était enragée. Rigatelli n'était pas moins en colère. Il surgit brusquement à côté de Jack et poussa deux comédiens sur la scène en ordonnant :

– Faites-le disparaître ! Tout de suite !

Malheureusement, les deux comédiens étaient déguisés en brigands. L'Épouvantail les prit évidemment pour d'authentiques bandits.

– Coquins ! cria-t-il en se précipitant vers eux et en les menaçant de ses bras en bois. Cachez-vous derrière moi, Votre Majesté ! Je vous défendrai !

Il bondit d'un bout à l'autre de la scène en allongeant des coups aux comédiens. Pendant ce temps, la reine Didon trépignait de rage. Elle jeta sa perruque par terre et se rua dans les coulisses pour invectiver Rigatelli.

Les spectateurs étaient aux anges.

– Vas-y, l'Épouvantail ! rugissaient-ils. Rosse-les, Tête de Navet ! Attention, derrière toi ! Vive l'Épouvantail !

Les deux comédiens ne savaient à quel saint se vouer. Ils continuèrent pourtant de poursuivre l'Épouvantail, en s'enfuyant chaque fois qu'il se retournait contre eux.

Soudain, il s'arrêta et montra d'un geste horrifié la perruque blonde gisant devant lui sur les planches.

– Couper la tête de la reine pendant que j'avais le dos tourné ! s'écria-t-il. Quelle audace ! Cette fois, c'en est trop. Vous avez réussi à me mettre vraiment en colère !

Il se jeta sur ses deux adversaires en agitant ses

bras en bois comme un moulin à vent et entreprit de les battre sans pitié. L'enthousiasme du public était à son comble. Cependant, les comédiens se fâchèrent à leur tour et se mirent à riposter. Puis Rigatelli en personne accourut pour tenter de rétablir l'ordre.

Jack s'élança à sa suite afin d'entraîner l'Épouvantail avant qu'il ne soit blessé. Par malheur, l'un des comédiens s'était emparé du bras gauche de l'Épouvantail et tirait dessus de toutes ses forces tandis que son adversaire lui tapait sur la tête. Quand Jack attrapa l'Épouvantail par la taille et essaya de le tirer en arrière, le bras de son maître se détacha complètement. Le comédien qui le tenait tomba à la renverse sur Rigatelli, lequel s'effondra sur le second comédien. Ce dernier tenta de s'accrocher au décor mais le poids conjugué des trois hommes était trop lourd pour la lande désolée, qui s'écroula dans un fracas de bois brisé et de tissu déchiré. Un instant plus tard, on ne distinguait plus qu'une toile peinte se soulevant pour laisser surgir puis disparaître des bras et des jambes s'agitant au milieu d'un concert de jurons.

– Par ici, maître ! lança Jack en entraînant l'Épouvantail dans les coulisses. Sauvons-nous !

– Pas question ! Je ne me rendrai jamais !

– Il ne s'agit pas de se rendre mais de battre en retraite, assura Jack en le tirant par la main.

Sur la place du marché, tout le monde avait entendu le tumulte et s'était précipité pour rire un bon coup en regardant les comédiens et leur théâtre écroulé. L'oiseleur s'était joint aux badauds. Ses cages remplies de linottes et de chardonnerets étincelaient au soleil tandis que les petits oiseaux chantaient à plein gosier. L'Épouvantail ne put résister à la tentation.

– Messieurs les oiseaux, dit-il d'un ton sévère, j'admets que la guerre est déclarée entre votre royaume et moi. Malgré tout, il faut respecter la justice. Quand je vois la captivité cruelle qu'on vous inflige, je suis si indigné que le sang me monte au navet. Je vais vous délivrer. Promettez-moi sur l'honneur que vous rentrerez directement chez vous, sans toucher au blé d'aucun fermier en chemin.

Jack ne remarqua pas ce que faisait son maître, car il avait aperçu un vieux marchand de parapluies. Ses rhumatismes avaient empêché le vieil homme de quitter son stand pour courir au théâtre avec les autres. Il fut ravi de vendre un parapluie à Jack, lequel avait trouvé une pièce d'or au fond de la sacoche des brigands.

Quelqu'un se mit à crier :

– Arrête, voleur ! Éloigne-toi de mes oiseaux !

Jack se retourna et vit l'Épouvantail qui ouvrait la dernière des cages. Une volée de petits oiseaux tournoyaient autour de sa tête en gazouillant gaîment, tandis qu'il faisait de grands gestes avec son bras en paille.

– Fuyez ! s'exclama-t-il. Envolez-vous !

– Venez vite, maître ! l'appela Jack. Ils sont tous à nos trousses, maintenant !

Il entraîna l'Épouvantail et ils se sauvèrent à toutes jambes. Les cris de colère, les éclats de rire, le chant allègre des oiseaux libérés s'affaiblirent peu à peu puis se turent.

Quand ils se trouvèrent de nouveau en pleine campagne, ils s'arrêtèrent. Jack était hors d'haleine. Se sentant bizarre, l'Épouvantail s'examina lui-même pour comprendre ce qui n'allait pas. Il s'écria enfin :

– Oh, non ! Il ne reste plus rien de mon bras de paille ! Je tombe littéralement en lambeaux !

– Ne vous en faites pas, maître. J'y ai pensé. Voyez, je vous ai acheté un nouveau bras.

Jack glissa le parapluie dans la manche vide.

– Bonté divine, dit l'Épouvantail. Je crois bien que… Oui, oui, j'y arrive ! Regarde-moi ça, mon garçon !

Il agita son nouveau bras… et le parapluie s'ouvrit. Son visage en navet, avec sa bouche rouge vif et ses yeux cerclés de noir, prit une expression radieuse.

– Que je suis donc astucieux ! s'exclama-t-il émerveillé. Observe bien l'ingéniosité de mon geste. Ouvert – fermé – ouvert – fermé…

– Vous pourrez nous abriter du soleil, maître. Et aussi de la pluie.

L'Épouvantail le regarda avec fierté.

– Tu iras loin, mon petit Jack ! J'allais justement avoir cette idée, mais tu m'as devancé. Et quel triomphe nous avons obtenu au théâtre ! Nous avons vu tout ce qui était annoncé sur l'affiche.

– Nous avons manqué le Naufrage, toutefois. Et l'Éruption du Vésuve.

– Nous les verrons un jour, Jack ! dit l'Épouvantail d'un ton convaincu. J'en suis certain.

V

Épouvantail à louer

Quand M. Cercorelli arriva dans la ville, le lendemain matin, elle bruissait de rumeurs étranges. Il interrogea le signor Rigatelli et l'actrice jouant le rôle de Didon, qui croyaient tous deux fermement que l'Épouvantail était un automate actionné par ondes magnétiques et faisant partie d'un complot manigancé par une troupe rivale. Après quoi l'avoué retrouva la trace du vieux vendeur de parapluies.

– Oui, j'ai tout vu, déclara le vieillard. C'était un garçon avec un orang-outang. Je connais ces animaux-là. Ils vivent dans les arbres, à Bornéo. On les prendrait presque pour des hommes, mais pas quand on les regarde de près. Qu'est-ce que vous lui voulez, à cette bête ? Il s'est échappé d'un zoo ?

– Pas exactement. Par où sont-ils partis ?

– Par là, dit le vieux vendeur en indiquant la direction. Vous n'aurez pas grand mal à les reconnaître. Ils m'ont acheté un parapluie.

*

Jack et l'Épouvantail marchèrent longtemps, ce jour-là. Ils passèrent la nuit sous une haie, près d'une olivaie. En se réveillant, Jack eut l'impression que quelque chose clochait.

Il s'assit et regarda à la ronde. Le soleil brillait, l'air sentait le thym et la sauge, on entendait tinter les clochettes d'un troupeau de chèvres paissant non loin de là. Mais il manquait…

– Maître ! Réveillez-vous ! On a volé notre sac ! cria Jack d'une voix désespérée dès qu'il comprit ce qui s'était passé. Toutes nos provisions ont disparu !

L'Épouvantail se réveilla en sursaut. Dans sa frayeur, il ouvrit son parapluie.

Jack soulevait des pierres, regardait sous la haie, courait en tous sens pour scruter la route.

De son côté, l'Épouvantail explora le fossé. Il fronça les sourcils en voyant un lézard, lequel ne s'en soucia guère. Puis il se pencha et observa quelque chose au milieu des feuilles.

– Un indice ! s'exclama-t-il.

Jack accourut aussitôt.

– Qu'y a-t-il, maître ?

– Là, dit l'Épouvantail en pointant son poteau indicateur vers un petit objet d'aspect déplaisant à ses pieds.

– Qu'est-ce que c'est ?

– Une boulette régurgitée par un hibou. Crois-moi, elle a été laissée ici par le coupable. Il ne fait aucun doute que le voleur est un hibou.

– Mince ! dit Jack en se grattant la tête.

– A moins qu'il ne s'agisse d'un choucas. Oui, à la réflexion, c'est certainement un choucas qui a déposé cette boulette de hibou pour brouiller les pistes. Ces oiseaux sont vraiment capables de tout ! Ils ne connaissent pas la honte.

– C'est sûr. Ils n'en ont aucune idée. Cela dit, nous voilà sans argent ni provisions. Je ne sais pas comment nous allons nous en tirer.

– En travaillant pour gagner notre vie, cher petit, déclara l'Épouvantail avec bonne humeur. Ne sommes-nous pas tous deux entreprenants et vigoureux? Aïe! Aïe! Qu'est-ce que vous faites?

Ces derniers mots s'adressaient à une chèvre qui s'était approchée de lui par-derrière et commençait à manger son pantalon.

L'Épouvantail se retourna et lui donna une tape avec son poteau indicateur. Outrée, la chèvre riposta par un coup de tête si violent qu'il roula à terre avant que Jack ait pu le rattraper. L'Épouvantail n'en revenait pas.

– Comment osez-vous? Quelle lâcheté dans cette attaque! s'écria-t-il en se relevant péniblement.

La chèvre le chargea derechef. Cette fois, l'Épouvantail était prêt. Il ouvrit brusquement son parapluie. La chèvre s'arrêta net devant cet obstacle imprévu, puis entreprit de le brouter.

– Sapristi! lança l'Épouvantail. C'est trop fort!

Les deux adversaires commencèrent à tirer chacun l'une des extrémités du parapluie. Le reste du troupeau de chèvres vint voir ce qui se passait. L'une d'elles se mit à grignoter les basques de la veste de l'Épouvantail, une autre s'attaqua à son pantalon et une troisième se régala avec la paille s'échappant de sa poitrine.

– Vous allez me faire le plaisir de décamper ! cria Jack en tapant dans ses mains. Filez !

Les chèvres s'éloignèrent d'un pas traînant, à contrecœur.

– On s'attend à voir des créatures à plumes se comporter ainsi, dit l'Épouvantail d'un ton sévère. Mais pas des créatures à cornes. Je suis très déçu.

– Elles éprouvaient pour vous un intérêt dévorant, maître, observa Jack.

– On ne saurait les en blâmer, bien sûr, admit l'Épouvantail en brossant ses revers et en secouant ce qui restait de sa veste. Je dois pourtant dire qu'on ne devrait pas les laisser sortir sans chevrier. Une telle négligence serait impensable dans la Vallée aux Sources.

– La Vallée aux Sources ? Ah, oui, je m'en souviens. Comment vous êtes-vous débrouillé pour acquérir un immense domaine rempli de... de quoi déjà ? Une ferme, des rivières, des puits et que sais-je encore ?

– C'est une question troublante, Jack, concéda

l'Épouvantail tandis qu'ils se remettaient en route. Au fond de moi, j'ai toujours eu l'intime conviction d'être un propriétaire terrien. Une sorte de gentilhomme campagnard, tu vois.

– Et cette Vallée aux Sources est le but de notre voyage ?

– Nous irons en temps voulu, Jack. Il faut d'abord que nous fassions fortune.

– Je comprends. Oh, regardez là-bas ! Une ferme ! Le fermier est assis devant. Allons lui demander un travail. Ce sera toujours un début.

Le fermier se tenait devant sa maison, l'air affligé, et aiguisait une faux.

– Tu cherches un travail ? lança-t-il à Jack. Tu ne pouvais pas arriver à un meilleur... tu vois ce que je veux dire. Les soldats ont emporté tous mes... hum, et les oiseaux mangent tout mon... euh, dès qu'il se met à pousser. Installe donc ton... ce... dans le champ d'en haut. Quant à toi, tu peux prendre la crécelle et t'occuper du verger.

– L'ennui, répliqua Jack, c'est qu'il commence un peu à tomber en lambeaux. Si vous pouviez lui donner un pantalon de rechange, il aurait l'air beaucoup plus réaliste.

– Il y a justement un vieux... hum, tu sais, dans la remise à bois. Tu n'as qu'à te servir. Tu auras de quoi... euh, à l'heure du souper, et tu pourras dormir dans la grange.

Peu après, ils étaient au travail. L'Épouvantail faisait fuir tous les oiseaux du champ de blé. De temps à autre, il ouvrait et fermait son parapluie, histoire de leur donner une leçon. De son côté, Jack arpentait le verger en faisant cliqueter la crécelle dès qu'il voyait un pinson ou une linotte.

Leur tâche n'était pas facile. Le soleil était brûlant et il fallait effrayer une foule d'oiseaux. Jack se surprit à songer à la Vallée aux Sources, l'immense domaine de l'Épouvantail. Ce benêt devait l'avoir inventée de toutes pièces et avait fini par y croire. C'était bien son genre. Malgré tout, il fallait avouer que ses descriptions n'étaient pas sans charme.

Au coucher du soleil, Jack cessa de cliqueter et alla chercher l'Épouvantail. Son maître fut très impressionné par la crécelle.

– Formidable ! s'exclama-t-il quand Jack lui montra comment elle fonctionnait. Quelle arme terrible ! Que dirais-tu si je m'en servais demain ?

– Dans ce cas, maître, je n'aurai plus aucun moyen d'effrayer les oiseaux. Vous êtes un expert. Il vous suffit de les regarder pour qu'ils se sauvent. Moi, j'ai absolument besoin d'être aidé. Allez plutôt vous asseoir dans la grange, maintenant. Je vais aller chercher notre souper.

L'épouse du fermier donna à Jack une marmite de ragoût et un gros quignon de pain. Elle lui recommanda de ne pas venir dans la cuisine avec son horrible machine. Elle n'avait rien contre les effraie-oiseaux dernier cri, mais elle tenait à la respectabilité de sa ferme. Les monstres mécaniques n'avaient rien à faire dans cette maison.

– D'accord, patronne, dit Jack. Serait-il possible de boire quelque chose, par hasard ?

– Il y a un seau dans le puits, avec un gobelet accroché à la corde.

– Merci bien.

Jack se dirigea vers la grange avec la marmite de ragoût, non sans s'arrêter en chemin pour boire tout son saoul.

A l'instant d'entrer dans la grange, cependant, il s'immobilisa : il entendait des voix.

– Absolument, disait l'Épouvantail. Nous avons fait décamper une douzaine de brigands, mon serviteur et moi.

– Des brigands ? s'exclama une voix féminine vibrante d'admiration.

Jack se décida à entrer et trouva l'Épouvantail assis sur un tas de paille, entouré d'une douzaine de râteaux, houes, balais, bêches et fourches. Appuyés contre le mur, ils l'écoutaient tous d'un air respectueux.

Jusqu'au moment où ils se rendirent compte de la présence de Jack. Dès qu'il fut là, en effet, ils reprirent leur apparence ordinaire de râteaux, houes, etc.

– Te voilà, mon garçon ! s'écria l'Épouvantail.

– L'épouse du fermier m'a donné deux parts de ragoût, dit Jack d'une voix hésitante en regardant autour de lui.

– La plus grosse part te revient, répliqua l'Épouvantail. Je ne suis pas un gros mangeur. Un petit bout de pain me suffira.

Jack s'assit donc et dévora le ragoût, qui était plein de poivrons, d'oignons et de morceaux de saucisses croquantes.

– J'ai cru entendre des voix, maître, dit-il la bouche pleine.

– Tu ne t'es pas trompé. Je racontais nos aventures à ces dames et à ces messieurs.

Jack regarda les râteaux, les houes, les balais. Aucun d'eux ne fit mine de bouger ou de parler.

– Bon, fit Jack. Je veux bien.

– Comme je le disais, continua l'Épouvantail, ces brigands formaient une bande redoutable. Le

moindre d'entre eux était armé jusqu'aux dents. Ils nous ont pris au piège dans leur grotte et...

– Il me semble que vous aviez parlé d'un château en ruine, objecta un râteau.

– Un château en ruine, parfaitement, approuva l'Épouvantail avec bonne humeur.

Jack sentit ses cheveux se dresser sur sa tête. Il avait vraiment l'impression qu'un râteau avait parlé. Mais on n'y voyait plus très clair dans la grange, et il se sentait accablé de fatigue. Il avait beau se frotter les yeux, ils se refermaient aussitôt.

– Alors ? Grotte ou château ? insista le râteau.

– Un château. Près d'une grotte. Mon serviteur et moi étions entrés dedans pour l'explorer quand nous avons vu arriver deux douzaines de brigands. Ou plutôt trois douzaines, probablement. Je me suis caché dans le coin et Jack leur a raconté une histoire pour les assoupir. A cet instant, j'ai surgi sous leurs yeux, tel un spectre. Comme ceci...

L'Épouvantail leva les bras en faisant une grimace effroyable. Plusieurs petits balais tressaillirent et une jeune fourche poussa un cri de terreur.

– Les brigands ont aussitôt tourné les talons, poursuivit l'Épouvantail. Ils se sont enfuis. En y réfléchissant depuis, je crois que j'ai compris pourquoi. C'étaient certainement des oiseaux déguisés en brigands. De gros oiseaux, de la taille d'une autruche.

Il ajouta d'un ton pensif :

– Une espèce très dangereuse.

– Vous devez vraiment être courageux, dit timidement un balai.

– Oh, je n'en sais rien. Dans ce genre de métier, on s'habitue au danger. Mais une nouvelle carrière m'attendait peu après : je suis monté sur les planches !

Jack s'était couché par terre. La dernière chose qu'il entendit avant de s'endormir fut la voix de l'Épouvantail entreprenant de rejouer le rôle qu'il avait tenu dans la pièce. Toutefois ce rôle semblait beaucoup plus important que dans le souvenir de Jack. Lorsque la reine Didon tomba amoureuse de l'Épouvantail et en fit son Premier ministre, Jack se rendit compte qu'il dormait depuis un bon moment.

A son réveil, le soleil éblouissait ses yeux tandis que l'Épouvantail le secouait en disant :

– Debout, mon garçon ! Il est temps d'aller travailler ! Les oiseaux sont réveillés depuis belle lurette. Mais il faut d'abord que je te dise quelque chose. En privé.

Jack se frotta les yeux et regarda à la ronde.

– Nous *sommes* en privé, observa-t-il.

– Tu n'y es pas ! Je veux dire *davantage* en privé, chuchota l'Épouvantail avec insistance. Loin de… tu sais qui.

Il fit un signe par-dessus son épaule en hochant la tête d'un air significatif.

– Je vois, dit Jack quoiqu'il n'eût aucune idée de ce dont il parlait. Donnez-moi juste un instant et je vous retrouverai dehors près du puits, maître.

L'Épouvantail acquiesça en silence et sortit de la grange. Jack se gratta la tête. Râteaux, houes et balais étaient muets et se tenaient parfaitement tranquilles.

« J'ai dû rêver », se dit Jack en se levant.

L'épouse du fermier lui donna du pain et de la confiture. Jack emporta ce petit déjeuner près du puits, où l'Épouvantail l'attendait avec impatience.

– Que se passe-t-il, maître ?

– J'ai décidé de me marier. A vrai dire, je suis amoureux. Oh, Jack, elle est si belle ! Et quelle nature délicate ! Tu ne vas pas me croire, mais je me sens presque empoté à côté d'elle. Comment te dire sa grâce, son charme ! Ah, mon cœur ne m'appartient plus. Je vénère jusqu'au sol qu'elle a brossé.

– Brossé ? s'étonna Jack, la bouche pleine.

– C'est une demoiselle balai, expliqua l'Épouvantail. Tu l'as certainement remarquée. Celle qui est si ravissante ! Celle dont le crin a l'air si doux ! Oh, je l'adore !

– Vous le lui avez dit ?

– C'est de cela que je veux te parler. Je n'ose pas, Jack. Mon courage m'abandonne. Dès que je la vois, je me sens comme… comme… comme un oignon.

– Un oignon ?

– Absolument. Je suis incapable de trouver mes mots. C'est donc *toi* qui vas lui parler.

Jack se gratta la tête.

– Mais je n'ai pas votre éloquence, maître. Je ferais sans doute tout rater. Je suis sûr qu'elle préférerait apprendre la nouvelle de votre bouche.

– C'est évident, concéda l'Épouvantail. Comme n'importe qui à sa place. Mais, encore une fois, je perds tous mes moyens en la voyant. Tu devras donc être mon messager.

– Je ne comprends pas pourquoi vous vous sentez comme un oignon.

– Moi non plus, vois-tu. Je n'imaginais pas que l'amour faisait cet effet. As-tu jamais été amoureux, Jack ?

– Je ne crois pas. Si c'était le cas, j'aurais probablement l'impression d'être un navet. Écoutez-moi, maître, je vais vous dire ce que…

– Je sais ! Tu pourrais faire semblant d'être un oiseau. Tu l'attaquerais, je passerais comme par hasard et je te mettrais en fuite. Je suis sûr qu'elle serait impressionnée !

– Je n'ai pas vos talents de comédien, maître. Elle devinerait sans doute que je ne suis pas un véritable oiseau. Écoutez, allons travailler un peu.

Vous aurez toute la journée pour penser à elle, dans le champ de blé. Nous discuterons plus tard de cette histoire, avant de rentrer.

– Excellente idée ! approuva l'Épouvantail.

Et il s'éloigna d'un pas martial, prêt à se mettre au travail.

VI
Une sérénade

Jack travailla dur toute la matinée. A midi, le fermier alla voir dans le verger comment il s'en sortait. Il regarda autour de lui d'un air approbateur.

– L'autre lascar, dit-il, ton collègue…

– Mon maître, corrigea Jack.

– Comme tu veux. Lui, quoi. C'est un bon travailleur, il n'y a pas à dire. Mais… enfin… tu sais bien.

– Oh, il n'a pas son pareil pour effrayer les oiseaux.

– Sans aucun doute. Cela dit, hum… il est un peu, euh… n'est-ce pas ?

– Seulement quand on ne le connaît pas.

– Vraiment ? Dans ce cas, il est très… hem… non ?

– C'est un malin, déclara Jack en chassant un merle avec sa crécelle.

– Ah, bon. Malgré tout, il a l'air presque... en fait, si je n'étais pas au courant, je dirais même que... tu me comprends.

– C'est une de ses astuces. Quand il travaille, voyez-vous, il ne... enfin, jamais.

– Évidemment, ce serait difficile avec... hum.

– Selon moi, on n'en finirait pas de... vous saisissez.

– C'est bien vrai. Je ne puis que te donner raison. Malgré tout, hein ? Je veux dire...

– Absolument. Ce serait terrible si... hem !

– A bon entendeur, pas vrai ? conclut le fermier en faisant un clin d'œil et en tapotant son nez.

Jack l'imita, au cas où ce geste aurait été le signe de ralliement d'une société secrète. Le fermier hocha encore la tête et s'éloigna.

« Heureusement qu'il n'est pas allé raconter tout ça à mon maître, pensa Jack. Ce nigaud n'aurait pas compris un mot. »

Il fit cliqueter la crécelle avec zèle tout l'après-midi. Lorsque le soleil baissa à l'horizon, il se rendit au champ d'en haut pour chercher l'Épouvantail. Celui-ci lui dit aussitôt :

– J'ai fait ce que tu suggérais, mon garçon. J'ai pensé à elle toute la journée. Je suis parvenu à la conclusion que si elle ne m'épouse pas, je devrai faire un geste désespéré.

– Sapristi ! Et quel geste, maître ?

– J'ai décidé d'attendre demain pour y réfléchir.

– Excellente idée. Je me demande ce que nous aurons pour le souper…

L'épouse du fermier leur donna une autre marmite de ragoût, qu'elle accompagna d'un long regard soupçonneux à l'adresse de l'Épouvantail. Il ne s'en aperçut pas, du reste, car il contemplait la grange, une expression rêveuse peinte sur son navet.

– Merci, patronne, dit Jack.

– Tu me feras le plaisir d'enfermer ton monstre la nuit, répliqua-t-elle. Sa mine ne me revient pas. Si jamais je m'aperçois qu'une poule manque à l'appel…

Jack et son maître s'assirent près du puits. Une nouvelle fois, l'Épouvantail laissa sa part de ragoût à Jack et se contenta de grignoter un morceau de pain.

– Vous devriez manger davantage, maître, observa Jack. Je suis sûr qu'elle ne vous aimerait pas moins si vous aviez l'estomac plein. Et vous vous sentiriez mieux.

– Je n'ai pas d'appétit, vois-tu. L'amour me fait dépérir.

– Dans ce cas… dit Jack en finissant le ragoût.

L'Épouvantail se leva brusquement et ouvrit son parapluie dans son enthousiasme.

– J'ai trouvé ! s'écria-t-il. Je pourrais lui donner une sérénade !

– Eh bien... commença Jack.

Mais l'Épouvantail était trop excité pour l'écouter.

– Oui ! C'est génial ! Voici comment nous allons procéder. Tu attendras qu'il fasse nuit, puis tu feras semblant de balayer la grange avec elle. Tu l'emporteras dehors et là, d'un air négligent, tu la déposeras contre le mur. C'est alors que je chanterai pour elle.

– Eh bien...

– Absolument ! En m'entendant chanter, elle ne pourra me refuser son cœur.

– Vous feriez bien de ne pas chanter trop fort. Je ne crois pas que le fermier serait content de vous entendre. Et je suis sûr que sa vieille serait furieuse.

– Oh, je serai tout à fait discret. Tendre, mais ardent. Voilà le ton qui convient.

– Ça me paraît raisonnable.

– Commence à balayer dès que la lune éclairera la cour de la ferme. Il me semble que le clair de lune me mettra en valeur, qu'en penses-tu ?

– Par précaution, vous devriez peut-être me laisser vous faire un brin de toilette.

Jack épousseta les épaules de l'Épouvantail, mit de la paille fraîche dans sa poitrine et lava son navet.

– Voilà, vous êtes magnifique. Mais rappelez-vous : de la discrétion !

L'Épouvantail s'assit dehors tandis que Jack rentrait se coucher dans la grange. Avant d'aller dormir, il chercha la demoiselle balai et la déposa près de la porte, de manière à pouvoir la retrouver dans l'obscurité.

– Excusez-moi, dit-il presque malgré lui. J'espère que vous ne voyez pas d'inconvénient à ce que je vous installe ici. Vous comprendrez pourquoi dès que la lune sera levée.

Elle ne répondit pas mais s'appuya au mur avec beaucoup de grâce. Jack se dit qu'elle devait être timide... Puis il se reprit et secoua la tête.

« Pour un peu, mon maître me ferait croire qu'elle

est vivante, songea-t-il. Je ferais mieux de faire attention, si je ne veux pas devenir aussi timbré que lui. »

Il s'étendit sur la paille et ferma les yeux. Le vieil âne et la vache dormaient debout, le souffle paisible. De temps en temps, ils se mettaient à mastiquer en rêvant. Tout était parfaitement tranquille et silencieux.

Jack fut réveillé par un rayon de lune effleurant ses yeux. Il bâilla, s'étira et s'assit.

« Eh bien, se dit-il. Il est temps de commencer à balayer. Quelle idée loufoque ! Quand même, il n'y a pas à dire, mon maître est un drôle de numéro. »

Il prit le balai et entreprit d'enlever toute la paille et la poussière, en les poussant sans en avoir l'air vers le seuil illuminé par le clair de lune. Une fois dehors, il déposa le balai contre le mur et bâilla de nouveau avant de retourner se coucher.

Il se rendormit presque immédiatement. Et il dut se mettre aussitôt à rêver, car il lui sembla voir l'Épouvantail balayer la cour tout en chantant à la demoiselle balai :

– Votre manche est si suave,
Vos crins si délicats,
Que mon cœur sans combat
Doit se rendre à vos charmes.

Reculer, s'avancer,
Un regard dérober,
Oh, sans jamais cesser
Dans mes bras de danser !

Jack cligna des yeux et se frotta les paupières, mais rien n'y fit. L'Épouvantail et sa dulcinée continuaient de valser dans cette cour de ferme comme les danseurs les plus gracieux d'un bal.

– Votre maintien si doux
Balaie tous mes doutes !
Nulle infante en sa cour
N'est plus digne d'amour.
Si gracieuse et charmante,
Si jeune et désarmante,
Oh, quelle est donc l'offense
D'un baiser chaste et tendre ?

« Il va l'épouser, songea Jack, et il n'aura plus que faire d'un serviteur. Il a l'air heureux, bien sûr. Mais je ne sais pas si je trouverai jamais un autre maître… »

Alors que ces pensées tournaient dans sa tête et le tourmentaient, il fut réveillé brutalement par une voix rauque poussant un hurlement effroyable.

– *Hi-han ! Hi-han !*

Il s'assit et se rendit compte d'abord qu'il avait bel et bien rêvé, ensuite que le vieil âne dans la grange brayait et trépignait, faisant ainsi un vacarme de tous les diables, et enfin que l'Épouvantail remplissait la cour de vociférations et de cris de colère, de souffrance ou de chagrin.

Jack se rua à la porte et aperçut l'épouse du fermier, vêtue d'une longue robe de nuit, qui sortait précipitamment de la cuisine en brandissant une poêle à frire. Derrière elle, également en robe de nuit, le fermier agitait gauchement un tromblon. Quant à l'Épouvantail, il serrait la demoiselle balai contre son cœur et de vraies larmes ruisselaient sur son navet.

– Non, patronne ! Ne faites pas ça ! cria Jack.

Il courut vers la fermière afin de l'empêcher d'assener un coup de poêle à l'Épouvantail. Le fermier, lui, était inoffensif : dès qu'il essayait de tirer avec son tromblon, le petit plomb s'échappait au bout du canon et s'abattait sur les pavés comme de la grêle.

Jack rejoignit l'Épouvantail en même temps que la fermière et s'interposa entre eux en écartant les bras.

– Arrêtez, patronne ! lança-t-il. Laissez-moi vous expliquer !

– Je vais l'assommer ! brailla-t-elle. Je lui apprendrai, moi, à faire du tapage en pleine nuit et à épouvanter les honnêtes gens qui dorment !

– Je vous en prie, patronne. Ce n'est qu'un pauvre benêt, il ne pense pas à mal ! Laissez-moi me charger de lui…

– Je te l'avais dit ! déclara le fermier en s'abritant prudemment derrière son épouse. Tu ne peux pas prétendre le contraire, non ?

– C'est vrai, concéda Jack. Vous m'avez dit quelque chose, en tout cas.

– Rien de ceci… tu me comprends, ajouta le fermier.

– Tu vas me faire le plaisir d'emmener cette horreur, intervint la fermière. Quittez tous deux cette maison sur-le-champ et n'y revenez plus !

– Certainement, patronne, assura Jack. Et notre salaire ?

– Votre salaire ? Ce n'est même pas la peine d'y songer ! Décampe avec ton monstre !

Jack se tourna vers l'Épouvantail, lequel n'avait rien entendu des propos de la fermière. En fait, il était toujours secoué de sanglots désespérés.

– Voyons, maître, que se passe-t-il ?

– Elle est déjà fiancée ! beugla l'Épouvantail. Elle va épouser un râteau !

– Ce n'est pas de chance, évidemment. Enfin, il faut prendre les choses du bon côté…

– Je saurai bien entendu me conduire en galant homme, reprit l'Épouvantail en luttant pour maîtriser son émotion.

Il s'adressa à la demoiselle balai :

– Gente dame, croyez que je ne serai jamais un obstacle à votre félicité, puisque vous avez déjà donné votre cœur à ce jeune seigneur de la grange...

Il continua en haussant la voix et en regardant tous les outils appuyés contre le mur :

– Mais je le préviens qu'il ferait mieux de traiter mademoiselle comme le méritent ses précieuses qualités. S'il ne consacre pas sa vie entière à faire le bonheur de cet ange, il devra affronter mon courroux !

En étranglant un dernier sanglot, il tendit doucement le balai à Jack. Celui-ci le replaça dans la grange, à côté du râteau.

Quand il sortit, l'Épouvantail parlait au fermier et à son épouse :

– Je suis désolé de vous avoir réveillés, mais je ne saurais m'excuser pour l'expression passionnée de mes sentiments. Après tout, c'est par le langage que nous différons des animaux.

– Il est fou ! s'exclama la fermière. Complètement timbré ! Je veux vous voir disparaître à l'instant sur cette route. Filez, et qu'on ne vous revoie plus.

L'Épouvantail s'inclina aussi gracieusement qu'il en était capable.

– Cependant, ma chère, dit le fermier, vous

devriez peut-être… vous me comprenez. De nos jours, on ne trouve pas tant de… hem, n'est-ce pas ? Dans son genre…

– C'est un fou furieux et je veux qu'il décampe ! lança-t-elle. D'ailleurs, il est si hideux qu'il a fait peur à notre âne.

Elle brandit derechef la poêle à frire en criant :

– Filez !

– Allons, maître, dit Jack. Nous tenterons notre chance ailleurs. Il nous est déjà arrivé de dormir sous des haies, et il fait délicieusement doux cette nuit.

C'est ainsi que Jack et l'Épouvantail s'éloignèrent sur la route baignée par le clair de lune. De temps en temps, l'Épouvantail poussait un profond soupir et jetait un regard en arrière. Son navet avait une expression si déchirante que Jack était certain que la demoiselle balai aurait quitté le râteau et serait tombée amoureuse de lui, si elle en avait eu l'occasion. Mais c'était trop tard.

*

– Oh, oui, déclara le fermier. Il était absolument… vous me comprenez.

– Fou au dernier degré ! ajouta son épouse. Un dangereux aliéné. Étranger, de surcroît. On ne devrait pas laisser ces gens-là en liberté.

– Je vois, dit M. Cercorelli. Et quand est-il parti ?

– Oui, quand ? s'interrogea le fermier. Environ… euh…

– Au beau milieu de la nuit, glapit son épouse. Pourquoi ces questions, d'ailleurs ? Vous êtes son gardien ?

– En quelque sorte. Je suis chargé par mon employeur de ramener cet épouvantail dans son lieu d'origine.

– Ah ! s'exclama le fermier. C'est donc un cas de, hum… n'est-ce pas ?

– Je vous demande pardon ?

– Vous savez bien, le bon vieux temps, euh… pour ainsi dire. Pas vrai ?

M. Cercorelli rassembla ses papiers et se leva.

– Vous avez fort bien résumé la situation, monsieur, dit-il. Merci pour votre aide.

– Vous comptez l'enfermer quand vous aurez mis la main dessus ? demanda la fermière.

– Croyez-moi, répondit M. Cercorelli, il sera l'objet de soins intensifs.

VII
Le char magique

Le lendemain matin, l'Épouvantail dit à Jack :

– Maintenant que mon cœur est brisé, je pense que nous devrions parcourir les routes pour chercher fortune.

– Et votre domaine de la Vallée aux Sources, maître ?

– Justement. Nous devons gagner assez d'argent pour pouvoir régler les problèmes. Ensuite, nous retournerons là-bas et nous veillerons sur le domaine.

« J'espère qu'on y trouve des provisions en abondance », pensa Jack.

L'Épouvantail marchait d'un pas énergique et Jack trottait à ses côtés. Les sujets d'observation ne manquaient pas. Même si l'Épouvantail avait le cœur brisé, il n'avait rien perdu de sa curiosité pour le monde.

– Pourquoi ce bâtiment a-t-il brûlé ? s'étonna-t-il. Je me demande ce que fait cette vieille dame juchée sur une échelle... Tu sais, Jack, aussi incroyable que cela puisse paraître, voilà des heures que nous n'avons pas entendu d'oiseaux. Comment expliques-tu ce phénomène ?

– Je pense que les soldats sont passés par ici, répondit Jack. Ils ont sans doute incendié la ferme et emmené de force les paysans, de sorte que la vieille dame doit réparer le toit elle-même. Quant aux oiseaux, ma foi... Les soldats ont certainement mangé toutes les provisions sans rien leur laisser, pas même un grain de blé.

– Hum... Des soldats, dis-tu ? Ils ont donc l'habitude de se comporter ainsi ?

– Les soldats sont ce qu'il y a de pire au monde.

– Pire que les oiseaux ?

– Ce n'est même pas comparable. La seule chose à faire quand les soldats arrivent, c'est de se cacher et de ne surtout pas faire de bruit.

– A quoi ressemblent-ils ?

– Eh bien...

Mais avant que Jack ait pu répondre, l'Épouvantail était distrait par un nouveau sujet d'étonnement.

– Regarde ! s'écria-t-il en pointant son poteau indicateur d'un air excité. Qu'est-ce que c'est ?

Une roulotte s'avançait dans leur direction. Elle était tirée par un vieux canasson si maigre qu'on pouvait compter ses côtes. La roulotte était badigeonnée d'étoiles, de lunes et de symboles cabalistiques. Un homme presque aussi maigre que le cheval était assis sur le siège, les rênes dans les mains. Il portait un long chapeau pointu et une robe constellée elle aussi d'astres divers.

L'Épouvantail regarda cet équipage avec admiration.

Dès qu'il les aperçut, l'homme les salua de loin et tira sur la bride pour arrêter sa monture. La pauvre bête n'était que trop heureuse de pouvoir se reposer. L'homme sauta de son siège et courut allégrement vers l'Épouvantail.

– Bonjour, cher monsieur ! Bonjour, Monseigneur ! lança-t-il en s'inclinant profondément et en tirant l'Épouvantail par la manche.

– Bonjour à vous, cher monsieur.

– Maître, intervint Jack, je ne crois pas...

Mais l'étranger à la robe de mage s'était emparé du poteau indicateur de l'Épouvantail et l'observait avec attention.

– Ah ! s'exclama-t-il. Ah ah ! Je vois une fortune prodigieuse inscrite dans cette main !

– Vraiment ? demanda l'Épouvantail impressionné. Comment pouvez-vous savoir une chose pareille ?

– Grâce aux charmes magiques !

– Sapristi ! Jack, mon garçon, nous devons absolument nous procurer un char magique, comme celui de ce monsieur. De cette façon, nous pourrons nous aussi voir l'avenir. Nous ferons fortune et nous retournerons à la Vallée aux Sources pour...

– Vous avez dit la Vallée aux Sources, monsieur ? s'écria l'étranger. Seriez-vous membre de la célèbre famille des Buffaloni, Monseigneur ?

– Je ne crois pas, dit l'Épouvantail.

– Ah, je comprends ! Ils ont fait appel à vous comme expert, afin de prendre en main le domaine. J'ai entendu dire que les Buffaloni réalisaient des merveilles dans le secteur de l'industrie. On raconte qu'ils assèchent tous ces puits et ces sources pour construire des usines splendides ! Oui ? Non ?

Devant l'expression interloquée de l'Épouvantail, l'astrologue continua d'une voix mielleuse :

– Mais laissez-moi lire votre horoscope et scruter les profondeurs de ma boule de cristal. Devant la puissance de mon regard, le voile du temps s'écarte pour révéler les mystères de l'avenir. Entrez dans ma roulotte, je vous donnerai une consultation.

– Il va demander de l'argent, maître, chuchota Jack, et nous n'avons pas le moindre sou. Du reste, c'est un vieux charlatan...

– Oh, non, mon garçon, répliqua l'Épouvantail. Tu te trompes du tout au tout. Fie-toi à mon jugement : il n'est pas question ici de charlatan mais de char magique. Les pensées de ce monsieur habitent les hautes sphères du sublime, Jack !

– Absolument, Monseigneur ! approuva le mage. Vous êtes un penseur aussi profond que perspicace !

Il leur fit signe d'entrer dans sa roulotte, où il dévoila une boule de cristal installée sur un guéridon.

Ils s'assirent autour du guéridon. Tout en faisant des signes cabalistiques avec ses doigts, l'astrologue plongea son regard dans le cristal.

– Ah ! dit-il. Je m'en doutais. Les fluminations planétaires sont aussi sombres qu'obscures. Le seul moyen de déclarifier l'astroplasme, c'est de dresser votre horoscope, mon cher monsieur. Je puis m'en charger pour des honoraires plus que modestes.

– Eh bien, tant pis, déclara Jack en se levant. Nous n'avons malheureusement pas un sou. Au plaisir…

– Non, Jack, attends ! lança l'Épouvantail.

Il se mit à frapper violemment sa tête.

– Que fabriquez-vous, maître ? s'écria Jack. Arrêtez ! Vous allez vous faire mal !

– Ah, la voici !

Une petite pièce d'or s'échappa d'une fente de son navet. Jack et le mage bondirent en même temps, mais ce fut le mage qui l'attrapa.

– Magnifique ! dit-il en coinçant la pièce entre ses longues dents chevalines. Par une coïncidence extraordinaire, ceci correspond au montant exact de mes honoraires. Je vais tout de suite consulter les astres.

– D'où sort cette pièce, maître ? demanda Jack stupéfait.

– Oh, elle est restée là un bon bout de temps.

– Mais… mais… si… si… bégaya Jack en s'arrachant les cheveux.

L'Épouvantail n'y prit pas garde, occupé qu'il

était à observer l'astrologue. Celui-ci prit un livre poussiéreux sur une étagère et l'ouvrit. Il se mit à marmonner d'un air docte, en suivant du doigt à toute allure des graphiques et des colonnes de chiffres.

– Tu vois ce qu'il fait ? chuchota l'Épouvantail. C'est très fort, Jack. Quelle profondeur !

– Ahhhhh ! geignit longuement l'astrologue d'une voix chevrotante. Je vois dans les astres une fortune exceptionnelle !

– Continuez, continuez ! le pressa l'Épouvantail.

– Oh, oui, dit le mage en léchant son doigt sale et en tournant plusieurs pages. Et ce n'est pas tout !

– Tu vois, Jack ? Quelle chance que nous ayons rencontré ce monsieur ! s'exclama l'Épouvantail.

Soudain l'astrologue prit une longue inspiration en scrutant les symboles dans son livre. L'Épouvantail l'imita. Ils retinrent tous deux leur souffle un bon moment, puis l'astrologue expira enfin avec un sifflement. L'Épouvantail siffla à son tour.

A cet instant, le mage leva sa tête très lentement, comme si elle avait été un poids trop lourd à porter.

Les petits yeux hébétés de l'Épouvantail s'ouvraient aussi grand que possible, ses brins de paille étaient hérissés, la large fente de sa bouche était béante.

– Je n'ai jamais vu une destinée aussi étrange et

profonde que celle-ci, proféra l'astrologue d'une voix basse et tremblante. L'écliptique paranomique de la clavicule de Salomon, multipliée par l'influence solaire dans le triangle du catanasmoïde zaphoristique, divisée par le méridien de l'azimut vernal et compostiquée par le diaphragme d'Ézéchiel, révèle...

– Oui ?

– Signifie...

– Oui ? Oui ?

– Annonce...

– Oui ? Oui ? Oui ?

Le mage s'interrompit un instant. Son regard se tourna vers Jack, puis revint à l'Épouvantail.

– Le danger, lança-t-il d'un ton solennel.

– Oh, non ! gémit l'Épouvantail.

– Suivi par la joie...

– Oui !

– Puis les difficultés...

– Non !

– Menant à la gloire...

– Oui !

– Que suivra le chagrin…

– Non ! Non ! Non !

L'Épouvantail était fou d'angoisse.

L'astrologue referma posément son grimoire et le rangea hors de portée de Jack. Puis il retroussa sa lèvre supérieure si brusquement que Jack sursauta. Avec le sourire radieux d'un crocodile déguisé en curé, le vieillard déclara :

– Mais la souffrance sera récompensée par le succès…

– Hourra ! cria l'Épouvantail.

– Et le triomphe séchera les larmes…

– Dieu soit loué !

– Et la santé, la richesse et le bonheur vous accompagneront tout au long de votre vie !

– Oh, que je suis content ! Quel soulagement ! s'exclama l'Épouvantail. Eh bien, Jack. Tu vois que ce monsieur sait ce qu'il dit, sans l'ombre d'un doute. J'ai tremblé, je l'avoue, mais tout s'est terminé à merveille. Merci, monsieur ! Merci mille fois ! Nous pouvons maintenant suivre notre route avec confiance et courage. Bonté divine, quelle expérience !

– Tout le plaisir était pour moi, assura le mage en s'inclinant bien bas. Faites attention en sortant. Les marches sont bancales. Bonne journée !

Il lança à Jack un regard soupçonneux, et Jack lui rendit la pareille.

– Pense un peu, mon garçon, dit l'Épouvantail d'une voix humble et craintive. Nous avons pénétré dans un char magique et entendu les secrets de l'avenir !

– Laissons cela, maître. Avez-vous encore de l'argent dans votre tête ?

– Voyons...

L'Épouvantail frappa son navet avec force puis le secoua vigoureusement.

– Hum, lança-t-il, j'entends quelque chose. Vérifions...

Il pencha sa tête de côté et la secoua. Un objet s'en échappa et roula sur la route.

Ils s'inclinèrent de concert pour voir ce que c'était.

– Un petit pois ! s'exclama Jack.

– Ah, oui, dit l'Épouvantail d'un ton pudique. C'est mon cerveau, tu sais.

Mais avant qu'ils aient eu le temps de le ramasser pour le remettre en place, un merle arriva en volant, prit le petit pois dans son bec et alla se percher sur une branche.

L'Épouvantail était outré. Il agita son poteau indicateur, ouvrit et ferma son parapluie, et trépigna avec fureur.

– Coquin ! Voleur ! rugit-il. Rendez-moi mon cerveau !

Le merle avala le petit pois puis déclara, à la stupeur de Jack :

– Allez au diable. Je l'ai vu le premier.

– Comment osez-vous ? hurla l'Épouvantail. Je n'ai jamais vu un comportement aussi immoral !

– Ne me criez pas après, geignit le merle. Vous êtes une créature cruelle. Oui, votre horrible visage respire la cruauté. Si vous continuez comme ça, je vous poursuivrai en justice. Ce n'est pas du jeu.

Hors de lui, l'Épouvantail rouvrit et referma plusieurs fois son parapluie, mais la rage l'empêchait de trouver ses mots de sorte qu'il proféra en guise de réplique :

– Hhhbbou... nnhnrrr... eee... mnmnm... ngnnmmg... grrnnnggg... wwzzz... ffff... ssss... gggrrrssschhttt !

Le merle tressaillit, poussa un petit cri d'effroi et s'envola.

Jack se gratta la tête.

– Je savais que les perroquets parlaient, maître, mais pas les merles.

– Ils en sont tous capables, mon garçon. Si tu entendais les insolences dont ils m'abreuvent quand ils croient être seuls avec moi ! J'imagine que ce jeune vaurien t'a pris pour un épouvantail, toi aussi. Il pensait pouvoir s'en tirer à bon compte.

– Eh bien, j'en apprends tous les jours, s'exclama Jack. De toute façon, maître, il me semble que vous allez devoir vous passer de cerveau, en attendant que nous vous en trouvions un autre. Nous vous avons déjà déniché deux magnifiques bras de rechange, rappelez-vous.

Dans sa fureur, l'Épouvantail arpentait la route de long en large. En entendant les paroles de Jack, il s'arrêta net et reprit son calme.

– Tu crois que nous pourrons me trouver un nouveau cerveau ? demanda-t-il en le regardant avec espoir.

– Ça ne devrait pas être trop difficile. Voyons déjà comment vous vous débrouillez sans. Peut-être n'en avez-vous même pas besoin. On vit très bien sans appendice, après tout.

– C'est quand même un organe très personnel, observa l'Épouvantail d'un ton incertain.

– Nous trouverons quelque chose, ne vous en faites pas.

– Ah, Jack, mon garçon, en t'engageant j'ai pris la meilleure décision de ma vie ! Je peux me passer d'un cerveau, mais je ne crois pas que je pourrais me passer de mon serviteur.

– Je vous remercie, maître. Cela dit, je ne pense pas que je puisse me passer de manger. J'espère que nous allons bientôt trouver de quoi faire un repas.

Comme il n'y avait rien de comestible dans les environs, ils se remirent en route. Cependant, la campagne qu'ils traversaient était morne et déserte. Les seules fermes qu'ils aperçurent avaient été incendiées et il n'y avait personne en vue.

– Pas un oiseau, constata l'Épouvantail en regardant autour de lui. C'est étrange, Jack, mais je supporte avec peine l'absence d'oiseaux.

– Et moi, je n'aime pas l'absence de nourriture.

– Regarde ! s'écria l'Épouvantail en désignant un point lointain sur la route. Qu'est-ce que c'est ?

On ne distinguait qu'un nuage de poussière. Mais il s'accompagnait d'une rumeur que Jack reconnut sur-le-champ : un piétinement cadencé, scandé par des roulements de tambour. C'était un régiment de soldats.

VIII
L'orgueil du régiment

Jack tira l'Épouvantail par la manche.

– Vite, maître ! Cachons-nous jusqu'à ce qu'ils soient passés !

L'Épouvantail le suivit dans un fourré.

– Est-il permis de les regarder ? demanda-t-il.

– Oui, maître, mais prenez garde, je vous en supplie : il ne faut à aucun prix qu'ils nous voient !

Le fracas des tambours et des pas pesants ne cessait de se rapprocher. Très excité, l'Épouvantail observa le spectacle à travers les feuillages.

– Regarde, Jack ! chuchota-t-il. C'est stupéfiant ! Ils sont tous pareils !

Effectivement, les soldats semblaient identiques, avec leurs vestes rouge vif, leurs bottes noires, leurs bonnets à poil, leurs mousquets dressés et leurs boucles de cuivre étincelantes. Ils étaient des centaines à marcher en cadence, tous grands, forts et bien nourris.

– Magnifique ! s'écria l'Épouvantail.

– Chut ! lança Jack désespéré.

En tête de la colonne s'avançaient plusieurs officiers montés sur des chevaux gris, trottant fièrement, caracolant et faisant force courbettes. Ils étaient suivis d'une douzaine de chariots tirés par de splendides chevaux noirs au poil luisant.

– Quel style ! Quel panache ! Quelle énergie ! s'émerveilla l'Épouvantail.

Jack se boucha les oreilles, mais la terre tremblait littéralement sous les lourdes bottes des soldats. En cadence ! En cadence ! Comme un énorme monstre mécanique aux centaines de jambes, le régiment passa devant eux.

Quand Jack osa lever les yeux, il vit l'Épouvantail au beau milieu de la route, le regard fixé sur les soldats avec une stupeur admirative.

– Jack, mon garçon, as-tu jamais rien vu d'aussi superbe ? En cadence ! En cadence ! Ces vestes rouges ! Et ces casques ! Et ces ceinturons étincelants ! Cette vie est faite pour moi, Jack. Je vais me faire soldat !

– Mais, maître...

– Allons-y ! En-ca-dence !

Balançant ses bras avec enthousiasme, l'Épou-

vantail partit sur ses jambes de bois. Il marchait si vite que Jack devait courir pour rester à sa hauteur.

– Maître, daignez m'écouter. Ne vous faites pas soldat, je vous en prie !

– Rappelle-toi ce qu'a dit le monsieur du char magique, Jack ! Une fortune exceptionnelle ! La célébrité et la gloire !

– Oui, mais aussi les difficultés et les dangers, ne l'oubliez pas !

– Je vais te dire autre chose, ajouta l'Épouvantail. Ce régiment doit regorger de provisions. Tous ces hommes ont l'air si prospères. Je te parie qu'ils font trois repas par jour, sinon quatre.

L'argument était décisif. A la pensée de manger, Jack se mit à suivre le régiment aussi vite que son maître, sans plus se soucier de ce qu'étaient les soldats.

Ils ne mirent pas longtemps à les rattraper, car la colonne s'était arrêtée pour déjeuner. En sentant l'odeur exquise du ragoût de bœuf, le pauvre Jack se mit à saliver d'avance.

L'Épouvantail entra dans le camp d'un pas décidé et se dirigea vers le cuisinier, lequel distribuait du ragoût et des pommes de terre aux soldats tendant leur assiette, impeccablement alignés.

– Je veux me faire soldat, annonça l'Épouvantail.

– Tu rêves, tête de navet !

– Je possède toutes les compétences…

– Allez, décampe !

Voyant que son maître allait se mettre en colère, Jack intervint :

– Excusez-moi, monsieur, mais qui est l'officier de service ?

– Le colonel Bombardo, là-bas, répondit le cuisinier en indiquant la direction avec sa louche. Enfin, disons qu'il est le commandant du régiment. C'est le sergent qui s'occupe de tout.

– Compris, dit Jack. Et j'imagine que vous ne me donneriez pas même une pomme de terre ?

– Filez ! Disparaissez de ma vue !

Jack aurait pu crier tant il avait faim. Il tira l'Épouvantail par la manche.

– Nous devons parler à l'officier, expliqua-t-il. Par ici, maître.

Assis sur une chaise en toile, le colonel essayait de lire une carte à l'envers.

– Monsieur le colonel Bombardo, dit Jack, mon maître, Monseigneur l'Épouvantail, désire se joindre à votre armée. C'est un combattant confirmé et…

– Monseigneur l'Épouvantail ? aboya le colonel. J'ai bien connu votre mère. Une femme remarquable. Soyez le bienvenu, l'Épouvantail. Allez toucher un mot au sergent. Il s'occupera de vous.

– Il connaissait ma mère ! chuchota l'Épouvantail pénétré de respect. Songe que, même moi, je ne l'ai pas connue. Quelle intelligence ! C'est vraiment un héros !

Le sergent était un petit homme fluet, au visage ridé, qui donnait l'impression d'être averti de tout – et plutôt deux fois qu'une.

– Voici Monseigneur l'Épouvantail, sergent, dit Jack. Le colonel Bombardo nous envoie afin que vous nous incorporiez dans le régiment.

– Monseigneur l'Épouvantail, hein. Fort bien, votre seigneurie, mais avant de rejoindre nos rangs vous devrez passer un examen.

« Dieu soit loué ! pensa Jack. Dès qu'ils comprendront quel nigaud est mon maître, ils nous enverront promener. Cela dit, j'aimerais tant goûter à ce ragoût… »

L'Épouvantail s'était déjà assis devant un gros tambour en guise de table. Il regarda le texte de l'examen, saisit sans attendre le crayon et commença à couvrir la page de gribouillis énergiques.

– Quels sont les domaines abordés par les questions ? demanda Jack.

– Balistique, navigation, fortification, tactique et stratégie, répondit le sergent.

– Très impressionnant. Et je suppose qu'il est exclu que je puisse manger quelque chose ?

– Où te crois-tu ? Dans une cuisine ? Ceci est une armée en marche, figure-toi. Qui es-tu, d'ailleurs ?

– Je suis le valet de Monseigneur l'Épouvantail.

– Son valet ? Quelle blague ! Les soldats n'ont pas de serviteurs.

– Le colonel Bombardo en a bien un, répliqua Jack.

Il regarda avec envie le colonel, lequel était assis à une table dressée à l'extérieur de sa tente, en compagnie d'autres officiers, et attaquait avec appétit un ragoût accompagné de pâtes tandis qu'un domestique servait du vin.

– Mais c'est un officier, observa le sergent. S'ils n'avaient pas de serviteurs, lui et ses pareils, ils seraient incapables pour la plupart de mettre leur pantalon.

– Ils ont droit à des repas copieux.

– De vrais festins ! confirma le sergent tout en griffonnant sur un morceau de papier. Tiens, va montrer ce billet au cuisinier.

– Merci ! Merci ! s'écria Jack.

Il retourna en courant chez le cuisinier, juste à temps pour voir le dernier soldat de la queue repartir avec une assiette pleine.

Le cuisinier examina le billet.

– Pas de chance, dit-il en désignant à Jack la marmite vide. Il ne reste plus rien.

Jack sentit les larmes lui monter aux yeux, mais le cuisinier lui fit un clin d'œil et ajouta :

– Je veux dire : plus rien de cette saleté. Entre donc dans le chariot, que je te montre de quoi est capable l'Intendance.

Jack se rua à l'intérieur. Un instant plus tard, il était attablé avec le cuisinier et ses deux assistants devant un bœuf braisé à la bourguignonne, chaud, copieux et épicé à souhait, noyé dans une sauce abondante, rehaussé de petits oignons, d'exquises pommes de terre nouvelles, de persil et de menthe. Il avait l'impression d'être au septième ciel.

Il dévora trois assiettes d'affilée sans dire un mot, puis lança enfin :

– Merci ! Puis-je en apporter une part à mon maître ?

– Il déjeune avec le colonel, répliqua le cuisinier. Pendant que tu étais en train de bâfrer, nous avons reçu un message nous enjoignant de servir un repas d'officier supplémentaire. Vous allez donc vous joindre au régiment ?

– Eh bien, Monseigneur l'Épouvantail s'est présenté à l'examen, mais je ne pense pas qu'il ait pu réussir. Je ferais mieux d'aller voir ce qu'il devient.

– Inutile de te dépêcher. Ils en ont pour un bon moment, avec leur cognac et leurs cigares.

– Leurs cigares ? s'exclama Jack affolé à la pensée de la paille dont son maître était bourré.

– Ne t'en fais pas. Un préposé se tient en permanence prêt avec un seau d'eau, au cas où ils prendraient feu.

– Le régiment pense à tout.

– Eh, oui ! Rien ne vaut la vie de soldat !

Jack commençait à penser que c'était peut-être vrai, après tout. Il remercia de nouveau le cuisinier et rejoignit d'un pas indolent le sergent, qu'il trouva occupé à couper ses ongles avec une baïonnette.

– Comment Monseigneur l'Épouvantail s'est-il tiré de l'examen ? demanda-t-il.

– Il a répondu tout de travers. Son ignorance est sans limites.

– Il ne pourra donc pas devenir soldat ? dit Jack avec soulagement.

– Impossible. Quant à devenir sergent, ce n'est même pas la peine d'y songer. Il n'est vraiment pas assez malin pour ça. Non, il servira comme officier.

– *Quoi ?*

– Le capitaine Épouvantail déjeune actuellement avec ses collègues de l'état-major. Tu devras lui trouver un cheval, cirer ses bottes et laver son uniforme. Il convient qu'il soit impeccable. Vu son aspect, ce ne sera pas un mince travail.

– Mais il est incapable de commander des soldats !

– Comme tout officier qui se respecte. C'est

pour cette raison qu'on a inventé les sergents. Tu ferais mieux d'aller lui chercher un uniforme. Le fourrier est dans le chariot d'à côté.

Jack expliqua au fourrier que l'Épouvantail avait besoin d'un uniforme de capitaine. Le fourrier posa sur le comptoir une tenue complète et des bottes.

Jack allait partir avec, mais le fourrier l'arrêta :

– Un instant. Il aura besoin d'une épée, s'il est officier. Sans oublier un shako et un pistolet.

Le shako était la coiffure des officiers : une sorte de casquette très haute, avec une visière d'un noir brillant et une plume blanche au sommet. Titubant sous son fardeau, Jack se dirigea vers la table des officiers. Il avait le cœur serré.

« Une fois harnaché de pied en cap, se dit-il, mon maître ne voudra plus jamais quitter l'armée. »

– Ah, Jack, mon garçon ! s'écria l'Épouvantail d'un air réjoui lorsque les officiers quittèrent leur table. As-tu appris la merveilleuse nouvelle ? Je suis capitaine, rien de moins ! J'ai passé l'examen si brillamment qu'ils m'ont fait officier sur-le-champ.

Puis il vit ce qu'apportait Jack. Son navet prit une expression radieuse.

– C'est pour moi ? demanda-t-il au comble de l'extase. C'est mon uniforme ? Je n'ai jamais été aussi heureux de toute ma vie ! J'ai du mal à y croire moi-même !

Jack l'aida à enfiler la veste rouge, le pantalon blanc et les bottes noires luisantes. Il fixa les deux ceintures blanches passant sur ses épaules et se croisant sur sa poitrine, ainsi qu'un ceinturon destiné à maintenir son pantalon au cas où. Ce benêt d'Épouvantail ne se tenait plus de joie.

– Que les oiseaux viennent donc s'y frotter, maintenant ! dit-il en faisant tournoyer son épée. Je parie qu'aucun merle n'oserait manger mon cerveau s'il me voyait ainsi équipé !

– Attention avec votre épée, maître. Elle n'est là que pour faire joli, vous savez. Restez tranquillement ici pendant que je vais vous chercher un cheval.

– Un *cheval ?* s'exclama l'Épouvantail.

Il avait perdu toute son allégresse et semblait soudain nerveux.

– Je vous en trouverai un vieux et lent, assura Jack.

– Tu es sûr qu'il n'aura pas envie de me manger ? Je veux dire, tu comprends... dit l'Épouvantail en effleurant délicatement les brins de paille dépassant de son col.

– Je ne crois pas que vous ayez du foin en vous, maître. Vous êtes tout entier un homme de paille. Vous devrez juste lui montrer que c'est vous qui commandez.

Le maréchal-ferrant chargé de l'entretien des chevaux était en train de ferrer une vieille jument docile appelée Betsy. Il déclara qu'elle serait idéale pour un cavalier inexpérimenté.

– Le capitaine Épouvantail est un guerrier émérite, expliqua Jack. Il a combattu des brigands, des acteurs et que sais-je encore. Mais il n'a guère eu l'occasion de chevaucher.

– C'est simple comme bonjour. On agite les rênes pour la faire partir, et on tire dessus pour qu'elle s'arrête.

– Et pour tourner à gauche ou à droite ?

– Elle se débrouille toute seule. Ton maître a combattu des *acteurs*, disais-tu ?

– Oui, sur une scène. Il en a rossé trois d'un coup.

– Ces acteurs, ce sont de drôles d'oiseaux.

– Oh, les oiseaux ne font pas peur au capitaine Épouvantail, dit Jack en emmenant Betsy.

En voyant la jument, l'Épouvantail remarqua d'un ton incertain :

– Il est énorme.

– C'est une dame. Elle s'appelle Betsy. Elle n'attend plus que son cavalier. Mettez votre pied dans l'étrier, comme ceci... Maintenant, je vais vous soulever.

Ils firent trois tentatives. La première fois, l'Épouvantail passa directement par-dessus la selle et atterrit de l'autre côté sur son navet, non sans cabosser son shako. La seconde fois, il réussit à rester en selle mais il était assis à l'envers. La troisième fois, il était tourné dans le bons sens mais il avait perdu son shako, laissé tomber son épée et ouvert son parapluie dans son affolement.

– Ne bougez pas, maître, lança Jack. Je vais ramasser vos affaires.

Il récupéra l'épée et le shako et les rendit à l'Épouvantail, qui prit aussitôt un air de fierté martiale. Autour d'eux, le régiment levait le camp. Bientôt, on entendit battre les tambours et le sergent donna l'ordre de se mettre en marche.

La vieille Betsy dressa les oreilles et partit d'un pas tranquille.

– Au secours ! cria l'Épouvantail en oscillant dangereusement.

– Voyons, maître, répliqua Jack. Monsieur le capitaine, veux-je dire. Je la tiens par la bride. Tant que je serai là, elle n'accélérera pas.

Ils suivirent ainsi la colonne des fantassins, les

chariots et les chevaux. La brave Betsy avançait d'un pas égal tandis que l'Épouvantail s'accrochait des deux mains à la selle.

Il finit par demander :

– A propos, Jack, où allons-nous ?

– Je l'ignore, maître, euh... monsieur le capitaine.

Un autre officier – un commandant – qui s'apprêtait à remonter la colonne, leur expliqua :

– Nous partons combattre le duc de Brunswick !

– Vraiment ? dit l'Épouvantail. Et quelle sorte d'oiseau est-ce là ? Un gros, j'imagine ?

– On peut le dire, assura le commandant.

– A-t-il aussi un régiment ? demanda Jack.

– Oh, des douzaines.

– Mais nous n'en avons qu'un !

– L'armée du roi de Sardaigne doit bientôt faire sa jonction avec nous.

– Il va donc y avoir une grande bataille ?

– Pour sûr.

– Et où l'ennemi nous attend-il ? s'inquiéta l'Épouvantail.

– Je n'en sais rien. Ils peuvent attaquer à

tout moment. Une embuscade est toujours à redouter, voyez-vous.

Le commandant s'éloigna au galop.

– Jack, dit l'Épouvantail. Cette bataille…

– Oui ?

– Je suppose que je pourrais être endommagé ?

– Évidemment. Comme nous tous.

– Et si tu me cherchais quelques bras et jambes de rechange ? Au cas où, tu comprends…

– Je veillerai à avoir toutes sortes de pièces de rechange, maître. Ne vous faites pas de souci.

– Et tu sais, à propos de mon cerveau… reprit l'Épouvantail d'un ton rassurant. Tu avais absolument raison. Je m'en passe fort bien.

C'est ainsi qu'ils continuèrent de s'avancer vers la bataille.

*

A quelques lieues de là, M. Cercorelli avait rattrapé l'astrologue et le haranguait d'une voix sévère :

– Je vous préviens que dire la bonne aventure sans permis officiel est passible d'une amende importante. Que savez-vous de cet Épouvantail ?

Le mage s'inclina profondément et répondit avec humilité :

– J'ai dressé son horoscope, Votre Honneur, et

découvert des signes manifestes d'infamie chez ce personnage. Les perfluminations planétaires...

– Ne me faites pas perdre mon temps avec ces sottises, si vous ne voulez pas que je vous traîne en justice. Que vous a-t-il dit et où se rendait-il ?

– Il a déclaré qu'il se rendait à la Vallée aux Sources, Votre Honneur.

– Vraiment ? Et est-il parti dans cette direction ?

– Non, Votre Excellence. Il a pris la direction opposée.

– A-t-il dit ce qu'il entendait faire à la Vallée aux Sources ?

– Oui, Monseigneur. Il a raconté qu'il allait faire fortune, et qu'ensuite il reviendrait et prendrait en main la Vallée aux Sources. Ce sont ses propres mots ! Bien entendu, j'avais l'intention de le dénoncer au prochain poste de police que je croiserais sur ma route.

– Bien entendu. Voici ma carte. Je compte sur vous pour m'informer immédiatement si jamais vous le revoyez. Est-ce clair ?

IX
La bataille

M. Cercorelli n'était pas le seul à chercher l'Épouvantail. Très loin au-dessus de la campagne où Jack et son maître avaient erré, une vieille corneille planait dans le ciel bleu. Bien qu'elle eût cent ans, ses yeux étaient toujours aussi perçants. Apercevant plusieurs de ses cousins perchés sur un pin près du sommet d'une montagne, elle vola aussitôt vers eux.

– Grand-Mère ! s'écrièrent-ils. Voilà cinquante ans qu'on ne vous a vue. Qu'avez-vous fabriqué ?

– Cela ne vous regarde pas, répliqua-t-elle. Mais que se passe-t-il de l'autre côté de la colline ? Nos cousins semblent fuir en masse cette région.

– Les soldats arrivent, expliquèrent-ils. Une grande bataille se prépare. Les soldats rouges vont combattre les soldats bleus, et les soldats verts arrivent en renfort. Dites-nous plutôt ce que devient la Vallée aux Sources ?

– Les nouvelles sont mauvaises, dit Grand-Mère Corneille. Et elles ne font qu'empirer. A propos, n'auriez-vous pas vu un épouvantail ? Un épouvantail qui marche ?

– C'est drôle, l'autre jour nous avons justement entendu un jeune merle se plaindre d'un phénomène de ce genre. Il disait que ça devrait être interdit. Pourquoi voulez-vous le retrouver ?

– Ce ne sont pas vos affaires. Où avez-vous rencontré ce merle ?

Après qu'ils l'eurent renseignée, l'aïeule s'envola.

*

Ce soir-là, après avoir visité six fermes et confisqué toutes leurs provisions, le régiment établit son camp au bord d'un fleuve. Sur l'autre rive s'étendait une vaste prairie verdoyante : c'est là qu'ils devaient affronter l'armée du duc de Brunswick le lendemain.

Tandis que l'Épouvantail rejoignait ses camarades officiers pour discuter entre experts de questions stratégiques, Jack alla aux cuisines aider à la préparation du souper.

– Vous procédez toujours ainsi pour faire vos provisions ? demanda-t-il. Vous vous contentez de les prendre aux fermiers ?

– C'est leur contribution à l'entretien de l'armée, expliqua le cuisinier. Voyez-vous, si nous n'étions pas là pour les défendre, le duc de Brunswick viendrait les piller de fond en comble.

– En somme, si vous ne confisquiez pas leurs provisions, le duc s'en chargerait ?

– Exactement.

– Je comprends. Et qu'allons-nous manger, ce soir ?

Il y avait du rôti de porc au menu. Jack s'assit et éplucha une montagne de pommes de terre destinées à servir de garniture. Après quoi, il vagabonda à travers le camp en furetant dans tous les coins.

– Comment allons-nous faire pour rejoindre le champ de bataille ? demanda-t-il à un artilleur occupé à astiquer un gros canon en cuivre.

– Il y a un gué, répondit l'artilleur. Il suffit d'attacher les canons, de les mettre à l'eau et de les remonter sur l'autre rive. Nous nous en occuperons après le petit déjeuner.

– Et où se trouve l'armée du duc de Brunswick, actuellement ?

– Oh, ils sont en route. Mais comme nous sommes arrivés ici les premiers, nous avons ce qu'on appelle un avantage stratégique.

– Mais s'ils atteignent la prairie avant que nous ayons traversé le fleuve, l'avantage stratégique sera pour *eux*.

– Pas du tout, tu n'y comprends rien, déclara l'artilleur. File, maintenant. J'ai du travail.

Jack alla regarder le fleuve. Il était large et boueux. Quant au gué, il était impossible de dire s'il existait ou non. Normalement, cependant, on aurait dû voir un chemin ou une route sur chaque rive dans le prolongement du passage supposé…

Il décida d'interroger le maréchal-ferrant.

– Non, il n'y a pas de gué, déclara le maréchal-ferrant en allumant sa pipe à un charbon ardent qu'il tenait dans des pincettes.

– Comment donc ferons-nous pour traverser le fleuve ?

– Nous passerons sur un pont. C'est top-secret. Les Sardes possèdent un nouveau type de pont, escamotable et tout. Le dernier cri de la technique. Quand ils arriveront, nous installerons ce pont en un rien de temps. Enfin, disons en une demi-heure. Une fois de l'autre côté, nous déploierons nos troupes et nous engagerons le combat.

– Je vois. Mais si jamais le duc de Brunswick fait tirer tous ses canons contre le pont pendant que nous traversons ?

– Impossible. Ce serait contre toutes les lois de la guerre.

– Mais à supposer que…

– Ça suffit, maintenant. Décampe. Et pas un mot sur ce sacré pont. C'est top-secret, n'oublie pas.

Jack renonça à comprendre et décida plutôt de ramasser quelques bâtons en prévision du lendemain, afin de pouvoir réparer l'Épouvantail s'il en était besoin.

Durant le souper, Jack et les autres domestiques durent servir les officiers dans leur tente. Le capitaine Épouvantail se montra d'une exquise politesse. Il engagea avec ses voisins une conversation aussi animée qu'intéressante, tout en sirotant son vin en connaisseur. Le seul incident survint après le repas, lorsque les officiers se mirent à priser. L'étiquette exigeait qu'on pose une petite prise de tabac sur le dos de sa main puis qu'on la renifle vivement, en essayant de ne pas éternuer. Malheureusement, l'Épouvantail n'avait jamais prisé de sa vie et il renifla trop fort.

Jack vit arriver la catastrophe et se précipita avec un torchon – trop tard. Il y eut une explosion gigantesque. L'Épouvantail avait éternué si violemment que tous les boutons de son uniforme avaient sauté tandis que son parapluie s'ouvrait à l'improviste et que des brins de paille volaient dans tous les sens. Pire encore, son navet se mit à branler sous le choc et à vaciller sur son cou comme un ballon sur un bâton. Si Jack n'avait pas

été là pour le retenir, il aurait pu se détacher complètement et rouler au beau milieu de la table.

Dès que l'Épouvantail reprit ses esprits, il regarda Jack d'un air horrifié.

– Mon Dieu, quelle expérience épouvantable ! s'écria-t-il. Était-ce le début de l'offensive du duc de Brunswick ? Je suis certain d'avoir entendu une détonation effroyable !

– Ce n'était qu'un soupçon de poudre à canon dans le tabac, dit le colonel Bombardo. Ça vaut mieux que du tabac dans la poudre à canon, pas vrai ? Si les canons se mettaient à éternuer au lieu de tirer, ce serait un triste spectacle.

Sur ces entrefaites, le sergent entra et déclara

qu'il était temps que les officiers aillent se coucher. Jack aida son maître à regagner leur tente.

– Demain promet d'être une journée passionnante, mon garçon ! s'exclama l'Épouvantail sur son lit de camp pendant que Jack le bordait.

– J'en suis sûr, maître. Je ferais mieux de recoudre ces boutons avec soin, au cas où vous renifleriez de la poudre à canon. Bonne nuit !

– Bonne nuit, Jack. Quel bon serviteur tu fais !

Et tout le monde s'endormit.

A leur réveil, les Sardes n'avaient toujours pas donné signe de vie. En revanche, l'armée du duc de Brunswick était arrivée pendant la nuit et avait établi son camp sur la prairie de l'autre côté du fleuve. Elle paraissait énorme.

– Les troupes du duc sont impressionnantes, dit Jack au cuisinier en préparant avec lui le petit déjeuner.

– C'est de la poudre aux yeux. Ces gros canons que tu vois, ils sont en carton. De toute façon, les Sardes seront bientôt là.

Mais les Sardes restaient invisibles. Pendant que les soldats du duc de Brunswick alignaient leurs canons en les braquant sur la rive opposée, les officiers du régiment de l'Épouvantail chevauchaient en tous sens, brandissaient leurs épées et hurlaient des ordres. De son côté, le sergent exerçait les troupes. Il les faisait marcher le long du fleuve puis leur commandait de faire demi-tour et de recommencer. Ils ne furent pas nombreux à former correctement les rangs.

Pendant ce temps, les artilleurs alignèrent leurs canons les uns derrière les autres de façon à traverser le fameux pont secret que les Sardes devaient apporter. Les soldats du duc de Brunswick les regardaient faire en les montrant du doigt et en s'esclaffant.

– Ils riront moins quand ils verront les Sardes, déclara le commandant de l'artillerie.

Mais les Sardes ne se montraient pas. Enfin, vers l'heure du goûter, un messager arriva au galop. Il apportait de terribles nouvelles. Jack était à proximité et entendit le sergent en parler au colonel Bombardo.

– Un message du roi de Sardaigne, monsieur, annonça-t-il. Il a changé d'avis et décidé de combattre aux côtés du duc de Brunswick.

– Sapristi ! A votre avis, que devrions-nous faire, sergent ?

– Décamper, monsieur.

– C'est justement ce qu'il attend. Franchement, votre idée me paraît détestable. Nous allons faire tout le contraire. Nous allons traverser le gué et le duc de Brunswick se retrouvera battu à plate couture avant d'avoir eu le temps de reprendre ses esprits !

– Fort bien, monsieur. Et ce gué, monsieur…

– Oui ?

– Où est-il, monsieur ?

– Dans le fleuve, sergent. Sous votre nez.

– Vous avez raison, monsieur. A vous l'honneur, monsieur, passez le premier.

– Vous pensez que je devrais montrer la voie ?

– C'est l'usage, monsieur.

– Dans ce cas… *A l'attaque !*

Le colonel Bombardo précipita son cheval sur la berge et plongea dans le fleuve, où il disparut aussitôt. Personne ne bougea.

Ou plutôt, personne sauf Jack. Il avait aperçu l'Épouvantail qui scrutait d'un air intéressé les

eaux où flottait le shako du colonel Bombardo. S'élançant à travers les rangées de soldats et les batteries de canons, il réussit à saisir la bride de Betsy.

Il était temps. Au même instant, en effet, l'artillerie du duc de Brunswick envoya une salve formidable à travers le fleuve. Et une autre salve partit de la direction opposée : le régiment était pris à revers.

– Ce sont les Sardes ! cria une voix.

Les canons se déchaînèrent alors de tous côtés. Le régiment était pris au piège entre l'armée du duc de Brunswick et celle du roi de Sardaigne. Quant au gué, il n'existait que dans l'imagination des officiers.

La fumée était si épaisse qu'on n'y voyait goutte. Des soldats hurlaient, gémissaient et couraient en tous sens. Des balles sillonnaient l'air en sifflant. Des boulets fracassaient tentes et chariots.

– A l'attaque ! s'époumonait l'Épouvantail en faisant tournoyer son épée.

Heureusement, personne ne faisait attention à lui.

Une balle perdue effleura le flanc de Betsy, terrifiant la pauvre jument et arrachant au passage un lambeau du pantalon de son cavalier.

– Holà ! Au secours ! cria l'Épouvantail.

– Tout va bien, maître, dit Jack. Accrochez-vous.

C'est alors qu'un autre projectile frôla la tête de l'Épouvantail, en faisant jaillir de tous côtés des morceaux de navet.

– A l’attaque ! cria derechef l’Épouvantail.

Il agitait si violemment son épée que Jack craignait qu’il ne coupe la tête de Betsy par erreur. Mais une nouvelle balle heurta bruyamment l’épée, qui s’échappa de la main du guerrier.

– Regardez ce que vous avez fait ! s’indigna l’Épouvantail.

Il descendit tant bien que mal de sa monture, et il allait se jeter dans la mêlée avec les soldats les plus proches quand Jack le vit s’arrêter net pour observer un buisson.

– Que se passe-t-il, maître ? Voyons, vous ne pouvez pas vous attarder ici. Songez au danger...

L’Épouvantail ne l’entendit même pas. Tendant la main au beau milieu des feuilles, il en sortit délicatement un nid où couvait une mère rouge-gorge terrifiée.

– C’est absolument intolérable, lui déclara l’Épouvantail. Madame, je vous présente mes excuses au nom du régiment. Effrayer une mère et sa couvée ne fait certes pas partie du devoir d’un soldat. Il se doit au contraire d’assister et de protéger toute créature faible et sans défense ! Restez tranquille, madame. Je vais vous transporter en lieu sûr.

L'Épouvantail cacha le nid sous sa veste et se mit en route. Il dut s'arrêter un instant quand une balle perdue lui arracha une jambe, l'obligeant à s'appuyer sur Jack, mais ils progressèrent lentement à travers le champ de bataille. Autour d'eux, des soldats en uniforme rouge se battaient avec des soldats en uniforme bleu, en brandissant leurs épées et en tirant avec leurs pistolets et leurs mousquets. Bientôt, des soldats en uniforme vert se joignirent à eux. Le fracas des explosions, les gémissements et les cris, les détonations des armes, les sifflements des balles et les crépitements des flammes se mêlaient en un tumulte effroyable. Le spectacle qui se déroulait sous les yeux de Jack était si horrible qu'il ferma les yeux et s'avança à l'aveuglette, en guidant d'une main Betsy et de l'autre l'Épouvantail, jusqu'au moment où ils n'entendirent plus qu'un écho affaibli de la bataille.

Ils se retrouvèrent près d'un buisson. Avant toute autre chose, l'Épouvantail sortit de sa veste le nid, où la mère rouge-gorge n'avait pas bougé, et le déposa doucement dans le feuillage.

– Vous voici à bon port, madame, dit-il poliment. Avec les compliments du régiment.

Puis il s'effondra.

Jack l'aida à se relever, tout en rentrant la paille qui s'échappait de tous côtés.

– Quelle bataille ! s'exclama l'Épouvantail. Vlan, bang, boum !

– Regardez dans quel état vous êtes, répliqua Jack. Vous êtes criblé de trous de balles, il ne vous reste plus qu'une jambe et votre navet est sérieusement écorné. Je vais devoir vous remettre à neuf. Vous êtes un grand blessé !

– Je pense que personne n'est plus blessé que moi, dit fièrement l'Épouvantail.

– Sauf les morts. Allons, asseyez-vous et ne bougez plus.

Jack prit un grand bâton dans le paquet de pièces de rechange qu'il avait fixé à la selle de Betsy avant la bataille. Il le glissa dans ce qui restait de la jambe de pantalon de l'Épouvantail. Celui-ci bondit aussitôt sur ses pieds.

– On retourne se battre ! lança-t-il. Je veux gagner une médaille, Jack, c'est mon plus cher désir. Il me serait égal de perdre mes jambes, mes bras, ma tête et tout le reste si seulement je pouvais avoir une médaille.

Jack était occupé à attacher ensemble le reste des bâtons afin de construire un radeau.

– Ma foi, maître, si vous retourniez chez nos anciens patrons sans jambes, sans bras, sans tête et sans connaissance, mais avec une belle médaille brillant sur votre poitrine, je suis sûr que la demoiselle balai succomberait à vos charmes.

– Ne remue pas les cendres, Jack ! Hélas, mon cœur brisé ! Dans l'excitation de la bataille, j'aurais presque oublié… Ah, comme je l'aimais !

Pendant que l'Épouvantail se lamentait, Jack donna une carotte à Betsy.

– Allez, ma vieille, dit-il. Tu es assez grande pour te débrouiller toute seule.

Betsy s'éloigna nonchalamment et disparut dans les buissons.

– Maintenant, maître, venez avec moi, continua Jack en terminant le radeau. Nous sommes chargés d'une mission secrète. C'est très important, donc il faut que vous vous teniez tranquille. D'accord ?

– Chut ! murmura l'Épouvantail. Pas un mot de plus !

Jack mit le radeau à l'eau et monta dessus avec son maître. Quelques instants plus tard, ils descendaient le courant du fleuve tandis que derrière eux le tumulte de la bataille et les cris des soldats blessés s'éloignaient rapidement.

X

L'île déserte

Pendant que Jack et l'Épouvantail dérivaient sur le fleuve, deux conversations importantes avaient lieu.

La première se déroulait au bord du fleuve, où M. Cercorelli entretenait le sergent du régiment de l'Épouvantail au milieu des débris du champ de bataille.

– La dernière fois que je l'ai vu, monsieur, déclara le sergent, il s'élançait au combat comme un héros. C'était vraiment un officier modèle.

– Un officier, dites-vous ?

– Le capitaine Épouvantail était un des officiers les plus vaillants que j'aie jamais vus. On peut dire qu'il ne connaissait pas la peur. Ou qu'il n'avait pas inventé la poudre, si vous préférez. En tout cas, il a rempli son devoir envers le régiment.

– A-t-il survécu à la bataille ?

– Je ne pourrais pas l'affirmer, monsieur. Je ne l'ai pas revu depuis.

M. Cercorelli regarda la dévastation qui les entourait.

– Au fait, qui a gagné ? demanda-t-il.

– Le duc de Brunswick, monsieur, si l'on en croit les journaux du matin. Vu d'ici, on aurait du mal à décider. Nous avons été victimes d'un changement d'alliance de dernière minute du roi de Sardaigne.

L'avoué se promit de féliciter ses employeurs. La Société Buffaloni avait d'importants intérêts financiers en Sardaigne. Nul doute qu'ils aient su le rappeler au souverain.

– De toute façon, nous devons prendre notre revanche dans un mois.

– Vraiment ?

– Oui, monsieur. Et cette fois, les choses se passeront différemment, car le roi de Naples doit combattre à nos côtés.

L'avoué se promit d'avertir ses employeurs de ce projet.

– Si jamais vous avez des nouvelles du capitaine Épouvantail, dit-il, voici ma carte. Au revoir, sergent.

*

L'autre conversation avait lieu par une fenêtre, dans une petite ferme.

– Hé, vous ! appela Grand-Mère Corneille perchée au milieu des pots de géranium.

Un vieil homme et son épouse étaient assis à une table, occupés à emballer leur vaisselle dans des journaux et à la ranger dans une boîte en carton. Ils levèrent tous deux les yeux et prirent un air stupéfait.

– Regarde, dit le vieillard à son épouse. C'est la corneille apprivoisée du vieux Carlo, celle qui s'est échappée !

Grand-Mère Corneille claqua du bec avec impatience.

– C'est bien moi, encore que votre présentation des faits n'ait rien à voir avec la réalité. C'est moi qui ai apprivoisé Carlo. Et je ne me suis pas échappée du tout. Je me suis envolée afin de chercher un médecin, mais trop tard pour le sauver. Maintenant, arrêtez de bayer aux corneilles et prêtez-moi un peu d'attention.

– Mais vous *parlez !* s'exclama la vieille femme.

– Oui, en cas d'urgence.

– Hem ! déglutit le vieillard. Dites-nous donc ce qui vous amène.

– Peu avant sa mort, le vieux Carlo vous a priés tous deux de lui rendre un service. Vous rappelez-vous de quoi il s'agissait ?

– Bien sûr, répliqua la vieille femme. Il nous a demandé de signer un papier.

– Et vous l'avez fait ?

– Oui, dit le vieillard.

– Parfait.

Grand-Mère Corneille claqua de nouveau du bec et regarda la table.

– Que faites-vous avec cette vaisselle ? demanda-t-elle.

– Nous l'emballons, répondit la vieille femme. Depuis l'ouverture de l'usine Buffaloni, notre source est à sec. Nous ne pouvons plus vivre ici. Ces maudits Buffaloni sont en train de mettre la main sur toute la région. Tout a tellement changé.

Le pauvre vieux Carlo a de la chance d'en être quitte, si vous voulez mon avis.

– Eh bien, préférez-vous combattre les Buffaloni ou renoncer ?

– Renoncer, dit le vieillard.

– Combattre, dit son épouse.

Ils avaient parlé en même temps.

– Deux voix contre une, trancha Grand-Mère Corneille en jetant un regard sévère au vieil homme. C'est nous qui l'emportons. Écoutez-moi, maintenant, et faites ce que je vous dis.

*

Quand Jack s'éveilla, le radeau dérivait à vive allure en compagnie de branches cassées, de cages à poule démolies, d'un ou deux chiens morts et de diverses autres épaves. L'eau était trouble et boueuse, un soleil accablant brillait dans le ciel brûlant et l'Épouvantail, assis tranquillement, regardait défiler les rives lointaines.

– Maître ! Pourquoi ne m'avez-vous pas réveillé avant que le courant nous ait entraînés si loin ?

– Oh, nous avançons magnifiquement, Jack. Tu n'imagines pas le chemin que nous avons fait !

– Certes, mais je ne pense pas que nous arrivions ainsi à la Vallée aux Sources, dit Jack en se levant et en mettant sa main en visière pour scruter l'horizon.

Bientôt, les rives disparurent à ses yeux. En plongeant la main dans l'eau, il découvrit qu'elle était désormais trop salée pour la boire.

– Maître, s'exclama-t-il, nous nous dirigeons vers la pleine mer ! Je crois que nous sommes déjà sortis des terres !

L'Épouvantail n'en revenait pas.

– Si facilement ? Sans avoir à payer le moindre droit de douane ? Comme c'est ingénieux ! Je n'aurais jamais pensé voir la mer un jour. L'expérience promet d'être passionnante.

– Pour sûr, maître. Nous ne savons pas si nous nous noierons avant d'être morts de faim, ou vice versa. A moins que nous ne mourions de soif. Ce sera vraiment intéressant à vérifier. Si vous voulez mon avis, il aurait mieux valu pour nous être déchiquetés par des boulets de canon.

– Voyons, tu oublies l'homme du char magique, Jack ! Souviens-toi que la célébrité et la gloire nous attendent !

– Je crois que nous y avons déjà goûté, maître. Maintenant, c'est l'heure du danger et de la souffrance.

– Mais tout se terminera par le triomphe et le bonheur !

Jack se sentait trop mal pour répliquer. Il s'assit à l'extrémité du radeau et regarda les alentours d'un air sombre. Aucune terre en vue. Le soleil brillait d'un éclat aveuglant dans l'azur embrasé.

En le voyant si malheureux, l'Épouvantail s'exclama :

– Courage, Jack ! Je suis sûr que le succès est au coin de la rue !

– Nous sommes en pleine mer, maître. Il n'y a pas de rue.

– Hum... Eh bien, je crois que je vais scruter l'horizon.

Jack fit la courte échelle à l'Épouvantail. Ainsi juché, celui-ci regarda dans toutes les directions en se protégeant du soleil avec son parapluie. Mais il ne distingua que la mer à perte de vue.

– Quelle contrée ennuyeuse, avoua l'Épouvantail un peu déçu. Il n'y a même pas une mouette à effrayer.

– Ces nuages ne me disent rien qui vaille, s'écria Jack en montrant du doigt l'horizon. Je crois qu'un orage va éclater. Nous avions bien besoin de ça !

Ils virent les nuages s'élever, s'enfler, s'assombrir. Bientôt, une forte brise commença à souffler et le radeau se mit à tanguer fâcheusement.

– Un orage sur la mer, Jack ! s'extasia l'Épouvantail. Ce sera un spectacle sublime ! Toutes les forces majestueuses de la nature vont se déchaîner au-dessus de nos têtes ! Ça y est ! Tu as vu ?

Un éclair zébra le ciel, suivi quelques secondes

plus tard par le coup de tonnerre le plus assourdissant que Jack ait jamais entendu. Puis ce fut la pluie. Les gouttes énormes s'abattaient aussi drues que les balles dans la bataille, et faisaient presque autant de dégâts.

– Ne t'en fais pas, mon garçon, dit l'Épouvantail en criant pour couvrir le fracas. Viens t'abriter sous mon parapluie !

– Non, maître ! Quoi qu'il arrive, gardez-le baissé ! Autrement nous serons frappés par la foudre et ce sera notre dernier jour !

Ils se serrèrent l'un contre l'autre sur leur fragile esquif, au milieu des vagues de plus en plus gigantesques. Le ciel s'obscurcissait de minute en minute, le tonnerre se rapprochait, le vent redoublait de furie.

Soudain, Jack s'aperçut que les bâtons du radeau commençaient à se détacher.

– Maître ! Accrochez-vous ! Ne lâchez pas prise !

– Que c'est excitant, Jack ! Boum ! Crac ! Wouou ! Plouf !

A cet instant, la plus grosse des vagues déferla sur eux et le radeau se disloqua complètement.

– Oh, non ! Tout se défait ! Au secours, à l'aide !

Jack et l'Épouvantail tombèrent à l'eau, au milieu des bâtons détachés et des morceaux de ficelle qui étaient tout ce qui restait du radeau.

– Au secours, maître ! Je ne sais pas nager !

– Ne t'inquiète pas, mon garçon. Je flotte. Accroche-toi à moi, je ne te laisserai pas sombrer !

Jack n'osa pas ouvrir de nouveau la bouche, de peur d'avaler davantage d'eau de mer. Fou de terreur, il s'agrippa à son maître tandis que les vagues les balançaient çà et là avec violence.

Ils flottèrent ainsi pendant ce qui lui parut une éternité. Puis l'orage s'apaisa enfin. Les vagues se calmèrent, les nuages se dissipèrent et le soleil refit son apparition. Jack tremblait dans son effort pour ne pas lâcher son maître. Il était si affaibli par la faim et la soif, pour ne rien dire de la peur, qu'il ne comprit pas tout de suite le cri de l'Épouvantail.

– Qu'avez-vous dit, maître ? Je n'ai pas bien entendu.

– Je disais que je vois un arbre, Jack.

– Comment ? Où donc ?

L'Épouvantail se tortilla un peu dans l'eau et se leva. Dans sa stupeur, Jack resta étendu à regarder son maître debout au-dessus de lui tandis qu'il essorait ses vêtements et désignait quelque chose du doigt.

Puis Jack se rendit compte qu'il ne flottait plus. En fait, il était allongé dans quelques pouces d'eau, au bord d'une plage.

– Sauvés ! cria-t-il. Nous ne nous sommes pas noyés ! Nous sommes vivants !

Il bondit sur ses pieds et gambada joyeusement

sur le rivage. Il frissonnait de froid et d'humidité, il était affamé – quelle importance ? Il était vivant !

L'Épouvantail le précédait en regardant à la ronde avec grand intérêt. L'arbre qu'il avait aperçu était un cocotier, au sommet duquel une unique noix de coco émergeait du feuillage. Comme Jack le constata en rejoignant son maître, il n'y avait pas d'autre arbre en vue.

– Nous sommes sur une île tropicale, déclara-t-il. Nous sommes deux naufragés !

– Eh bien, Jack, répliqua l'Épouvantail, je me demande ce que nous allons trouver sur cette île. Dans ce genre de situation, vois-tu, les gens découvrent souvent des trésors dans des coffres enterrés. Je pense que nous devrions nous mettre tout de suite à creuser.

– Nous ferions mieux de chercher à manger, maître. Les doublons et les ducats ne nourrissent pas leur homme.

L'Épouvantail observa les environs. C'était vraiment une île minuscule. Ils la voyaient d'un bout à l'autre. Jack estima que même en marchant très lentement, il ne lui faudrait que dix minutes pour en faire le tour.

– Il ne faut jamais désespérer, lança l'Épouvantail. Je vais trouver une idée.

Jack se dit qu'il serait plus judicieux de trouver de l'eau avant de mourir de soif. Il marcha donc jusqu'au centre de l'île, au milieu des buissons, en quête d'un endroit où boire.

Mais il n'y avait ni ruisseau, ni mare. Rien. Il dénicha quelques fruits de petite taille et en mangea un pour voir s'il avait du jus, mais son goût se révéla si amer qu'il dut le cracher aussitôt. Il le regretta, d'ailleurs, car ce n'était pas le moment de gaspiller sa salive. Ensuite il examina toutes sortes de feuilles, au cas où l'une d'elles aurait eu une forme de coupe susceptible de garder une goutte de rosée de la nuit précédente. Malheureusement, elles étaient toutes soit plates et pendantes, soit sèches et pelucheuses, soit minces et épineuses. En somme, aucune d'elles ne présentait la moindre trace d'eau.

– Bonté divine ! pensa-t-il. Cette fois la situation est grave. Nous n'en avons jamais connu de pire jusqu'ici. On peut même la qualifier de désespérée, ne nous leurrons pas.

D'un pas traînant, accablé, Jack continua d'explorer l'île. Moins de cinq minutes plus tard, il se trouva de nouveau au pied du cocotier. Il essaya de l'escalader, mais il n'y avait pas de branches auxquelles s'accrocher. Il lança des pierres en direction de la noix de coco, mais elle était trop haut. Il tenta de secouer le tronc, mais celui-ci ne bougea pas.

Il s'étendit alors à l'ombre de l'arbre, si accablé, malheureux et terrifié, qu'il se mit à pleurer. Malgré ses efforts, il ne pouvait maîtriser ses sanglots. Il se rendit compte que s'il se lamentait sur son propre sort, il n'était pas moins affligé pour le pauvre Épouvantail. Car son maître n'y comprendrait rien, le jour où il découvrirait son serviteur réduit à l'état de cadavre. Il serait tellement désemparé qu'il ne saurait que faire. N'ayant plus personne pour veiller sur lui, il errerait sans fin à travers l'île jusqu'au moment où il tomberait en morceaux.

– Oh, Jack, Jack, mon cher petit ! entendit-il soudain.

Il sentit deux bras en bois rugueux le serrer maladroitement.

– Ne t'afflige pas ainsi ! Tant qu'il y a de la vie, il y a de l'espoir, tu sais !

– Je suis désolé, maître. Voilà, c'est fini. Avez-vous fait une promenade intéressante ?

– Très. J'ai découvert un buisson en forme de dindon, et un autre couvert de petites fleurs de la même couleur qu'un œuf d'étourneau. J'ai aperçu aussi une pierre aussi grosse qu'un canard. Cette île regorge d'objets curieux, tu vois. Oh ! Et j'ai trouvé un endroit qui rappelle tout à fait la Vallée aux Sources, en miniature.

– La Vallée aux Sources, maître ? J'aimerais bien y jeter un coup d'œil.

– Alors suis-moi !

L'Épouvantail le conduisit près du centre de l'île, à un endroit où s'élevait une petite éminence couverte de rocs dénudés entre lesquels s'étendait un mince creux tapissé d'herbe.

– Regarde, dit l'Épouvantail. La ferme est ici, le verger est là... Voici l'emplacement des vignes, voilà l'olivaie, et la rivière coule de cette façon...

– Joli coin, maître. Cela dit, j'aimerais bien voir couler une vraie rivière.

– Nous n'avons qu'à creuser un puits, Jack. Il y a certainement de l'eau fraîche sous la terre. On procède ainsi dans la Vallée aux Sources.

– Depuis...

– Un seul puits suffira ! Creuse ici, moi je vais travailler là-bas.

L'Épouvantail se mit à racler le sol énergiquement avec une branche sèche.

Comme il n'y avait rien de mieux à faire, Jack trouva à son tour un bâton et commença à gratter et remuer la terre en l'enfonçant dedans. Le soleil était brûlant. A

force de s'activer, Jack eut plus soif que jamais. Pour couronner le tout, l'extrémité de son bâton se coinça bientôt sous l'arête d'un rocher.

Il trouva une pierre qu'il cala sous son bâton. De cette façon, il pourrait soulever le rocher comme avec un levier. Pendant ce temps, l'Épouvantail continuait de gratter gaîment le sol de la Vallée aux Sources miniature en chantonnant. Jack pesa de tout son poids sur son bâton.

Le rocher bougea un peu. Jack fit un nouvel effort. Le rocher bougea de nouveau.

Il était assez bizarre, pour un rocher. D'abord, son arête était parfaitement lisse. Ensuite, il n'était pas en pierre mais en bois, avec des attaches métalliques. Jack ouvrit de grands yeux. Le métal était rouillé, le bois était pourri. Un énorme cadenas fermant l'objet se détacha dès qu'il le toucha.

Puis il souleva le couvercle.

– Maître ! cria-t-il. Un trésor ! Regardez ! Vous aviez raison !

Le coffre était bourré de pièces de monnaie, joyaux, médailles, colliers, bracelets, pendentifs, boucles d'oreille, bagues et toutes sortes de parures en or. Ils débordèrent du coffre et se répandirent sur le sol en tintant bruyamment. Les petits yeux hébétés de l'Épouvantail ne pouvaient guère s'écarquiller, cette fois cependant il ouvrit bel et bien des yeux ronds.

– C'est prodigieux, Jack ! s'exclama-t-il.

Il ramassa une boucle d'oreille et tâta son navet sur les côtés – mais il n'avait pas d'oreilles. Il prit alors un collier, mais cette fois son navet était trop gros. En désespoir de cause, il mit un bracelet autour de son poignet en bois : hélas, il tomba aussitôt. Pendant ce temps, Jack plongeait ses mains dans le coffre et les remplissait de pièces et de bijoux qu'il laissait ensuite ruisseler entre ses doigts.

– Nous devons être millionnaires, maître ! lança-t-il.

Mais sa bouche était si sèche qu'il n'arrivait plus à parler correctement.

– Quand même, croassa-t-il. J'aimerais mieux de l'eau.

– C'est vrai, mon garçon ? Il doit y en avoir assez dans le puits, maintenant. Viens voir.

Jack crut qu'il avait une hallucination. Il se releva et courut vers son maître. Pas de doute ! Un filet d'eau était apparu à l'endroit où il avait creusé.

– Oh, maître ! Oh, merci ! Oh ! Oh ! Oh !

Jack se jeta à plat ventre et plongea son visage dans l'eau boueuse. Il but à longs traits, jusqu'au moment où son estomac demanda grâce.

Le ventre gonflé, il resta étendu et laissa la sensation bienheureuse l'imprégner des pieds à la tête : il n'avait plus soif.

Quand il sc leva, il vit que le filet d'eau s'échappait en direction de la plage. Il avait peu de chance d'y arriver, du reste, car il était absorbé presque aussitôt par la terre desséchée. L'Épouvantail était occupé ailleurs – Jack l'entendait fredonner. Après avoir repéré avec soin l'endroit où la terre s'inclinait et où se trouvaient les rochers, Jack prit un nouveau bâton et se mit à creuser.

– Que fais-tu, mon garçon ? s'enquit l'Épouvantail.

– Un réservoir, maître. Et vous ?

– Je mets de l'ordre dans le trésor.

– Bonne idée.

Jack continua donc de creuser. Il obtint ainsi un trou aussi long que son bras, en profondeur comme en largeur, et tassa soigneusement la terre des parois. Après quoi il creusa une rigole pour amener l'eau de la petite source dans son nouveau bassin. L'Épouvantail vint jeter un coup d'œil.

– Vous voyez, maître, une fois que l'eau sera dans ce trou toute la boue restera au fond. Et nous pourrons boire une belle eau bien claire.

– Magnifique ! Tes talents d'ingénieur sont remarquables, mon garçon.

Jack creusa une seconde rigole de l'autre côté, pour que l'eau puisse s'écouler une fois le réservoir plein. Ils regardèrent le trou se remplir d'une eau limpide.

– Maintenant, viens voir ce que moi j'ai fait ! lança l'Épouvantail avec fierté.

Il avait bâti une petite grotte avec des pierres et un peu de boue. A l'aide d'une gomme adhésive fournie par un buisson, il l'avait constellée de diamants, de perles, de rubis et d'émeraudes. Sur le sol, il avait disposé joliment d'un côté les pièces d'or, de l'autre celles en argent. Puis, avec des morceaux de bâton, il avait fabriqué des simulacres d'arbres qu'il avait ornés de colliers pendant aux branches comme des glaçons étincelants.

– C'est ravissant, maître, dit Jack.

– Et je n'ai même pas commencé l'étude des motifs gravés sur les monnaies. Oh, on trouve ici un aliment inépuisable pour l'esprit, Jack !

– Un aliment...

Jack jeta un regard nostalgique sur le cocotier,

mais la noix de coco apparaissait toujours aussi haute et inaccessible dans le feuillage, comme si elle le narguait. Il essaya de ne plus y penser. Au moins, il avait de quoi boire.

Tandis que l'Épouvantail travaillait à sa grotte, il décida de faire le tour de la plage à la recherche de quelque poisson à pêcher. Mais il n'y avait aucun poisson en vue. Il sentait qu'il commençait à perdre la tête tellement il avait faim.

« Peut-être pourrais-je manger un de mes orteils, se dit-il. Un petit, je pourrais sûrement m'en passer. Mais ça ne ferait pas assez de viande. Non, il me faudrait un pied entier. Ou même deux… »

Il longea la mer en pataugeant misérablement. En milieu d'après-midi, il retourna au réservoir pour boire un peu. L'Épouvantail lui fit admirer sa grotte, en faisant remarquer avec orgueil tous les effets d'architecture et de décoration.

– Regarde-moi ça, Jack ! Qu'en dis-tu ? Tu as vu comme j'ai disposé les cailloux en mettant les clairs d'un côté et les sombres de l'autre ? Je crois que je vais aller chercher quelques coquillages, à présent, pour faire une bordure. Mais Jack, mon garçon, que se passe-t-il ?

– Je suis désolé, maître. J'ai essayé de ne pas céder au désespoir mais je meurs de faim… Je crois que vous êtes en train de bâtir mon tombeau, et je dois dire qu'il est magnifique, mais je n'ai pas envie de finir ainsi... Je ne sais pas quoi faire, maître, je ne sais vraiment pas...

Le pauvre Jack s'affaissa, trop faible pour rester debout. L'Épouvantail accourut aussitôt et s'agenouilla près de lui.

– Jack, Jack, où avais-je la tête ! Si ce maudit merle n'avait pas volé mon cerveau, tu aurais pu faire un peu de soupe au petit pois. Mais le reste est à ta disposition, mon cher serviteur ! Coupe-toi une tranche de mon navet et régale-toi !

Jack ne voulait pas blesser les sentiments de son maître. Il se releva donc péniblement, prit son canif et essaya de trouver un endroit à couper dans le navet de l'Épouvantail. Cette pauvre tête était si bien cabossée, abîmée et desséchée qu'elle n'avait plus grand-chose à voir avec un légume et se révélait aussi dure qu'un morceau de bois. Jack finit pourtant par trouver un emplacement à l'arrière où il réussit à découper une petite tranche, qu'il fourra sans attendre dans sa bouche.

– Pas tout à la fois, mon garçon, tu vas t'étouffer ! s'exclama l'Épouvantail. Il faut le grignoter petit à petit. Et boire beaucoup d'eau.

De fait, le navet était à peine mangeable. Outre sa texture sèche et ligneuse, son goût aigre n'était guère engageant. Et chaque bouchée était si dure à mâcher qu'il fallait cinq bonnes minutes pour l'amollir et l'avaler.

Jack en vint pourtant à bout et trouva même que ce repas lui avait fait du bien.

Le temps qu'il avale la dernière bouchée, l'Épouvantail revenait de la plage où il avait ramassé de jolis coquillages. Ils passèrent environ une heure à les trier puis les fixèrent au plafond de la petite grotte. Après quoi, ils creusèrent un lac tout autour et le remplirent avec de l'eau de la source. Tout cela les occupa jusqu'au coucher du soleil. L'estomac de Jack était de nouveau si vide qu'il ne cessait de faire de petits bruits plaintifs. L'Épouvantail lui offrit une autre tranche de navet.

Cependant, il ne restait plus grand-chose à couper. Jack dut se contenter de quelques morceaux amers pour son souper. Il se coucha en agrippant son ventre vide et essaya de s'endormir. Pendant ce temps, l'Épouvantail s'activait au clair de lune. Il installa dans la grotte chaque pierre précieuse, chaque parure d'or, chaque bijou inestimable, jusqu'à ce que le palais miniature soit parfait et étincelle au-dessus de son reflet dans le lac minuscule, prêt à accueillir la reine des fées.

XI
Une invitation

Le matin, juste avant son réveil, Jack fit un rêve.

Il rêva qu'il était étendu sur le sable et écoutait une conversation semblant provenir tout droit du ciel. Il ne voyait pas ceux qui parlaient, mais leurs voix rauques rappelaient de vieux fils de fer rouillés qu'on frotterait contre une boîte de conserve.

– Je parie que le petit trépassera avant la fin du jour, lança la première voix.

– A mon avis, le gros a déjà son compte, répliqua la seconde voix.

– Non. C'est un monstre, et les monstres ne meurent jamais.

– Les prises se font rares, vieux frère !

– J'ai entendu parler d'une grande bataille sur le

continent. D'après mon cousin, il y a de quoi festoyer pendant des jours.

– Tout était déjà parti quand j'y suis allé. Des os, rien que des os.

– Le pays est entièrement dépouillé, vieux frère. Les soldats continuent leur marche, et qui sait où ils vont ?

– Oui, qui sait ? As-tu appris qu'on construisait des usines dans la Vallée aux Sources ? Ils fabriquent du poison, vieux frère, ils vont empoisonner la terre. Est-ce que le petit gars est mort, maintenant ?

Jack écoutait dans son rêve quand soudain, horrifié, il se rendit compte qu'il ne rêvait pas du tout : deux vautours étaient perchés sur le cocotier, juste au-dessus lui.

– Allez-vous-en ! parvint-il à crier d'une voix presque aussi enrouée que la leur. Ouste ! Décampez !

Ses cris réveillèrent l'Épouvantail, qui bondit sur ses pieds.

– Laisse-moi faire, Jack !

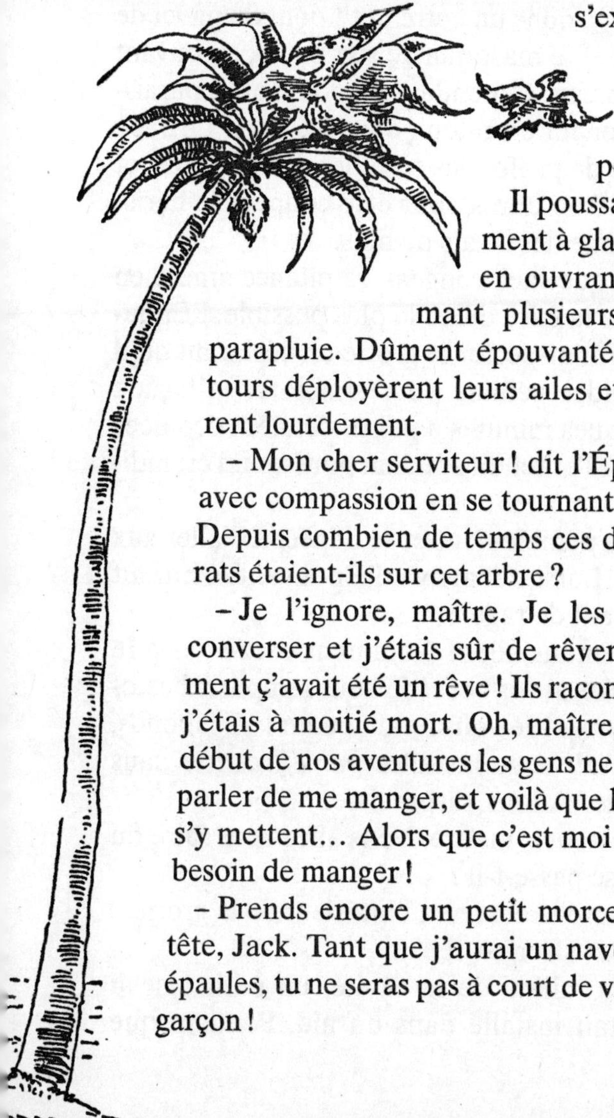

s'exclama-t-il. Les épouvantails sont là pour ça !

Il poussa un hurlement à glacer le sang en ouvrant et refermant plusieurs fois son parapluie. Dûment épouvantés, les vautours déployèrent leurs ailes et s'envolèrent lourdement.

– Mon cher serviteur ! dit l'Épouvantail avec compassion en se tournant vers Jack. Depuis combien de temps ces deux scélérats étaient-ils sur cet arbre ?

– Je l'ignore, maître. Je les entendais converser et j'étais sûr de rêver. Si seulement ç'avait été un rêve ! Ils racontaient que j'étais à moitié mort. Oh, maître, depuis le début de nos aventures les gens ne cessent de parler de me manger, et voilà que les oiseaux s'y mettent… Alors que c'est moi qui aurais besoin de manger !

– Prends encore un petit morceau de ma tête, Jack. Tant que j'aurai un navet sur mes épaules, tu ne seras pas à court de vivres, mon garçon !

Jack coupa donc un autre petit bout du navet de son maître et le mastiqua de son mieux en buvant des litres d'eau. Cependant l'Épouvantail paraissait maintenant en piteux état : le canif de Jack avait laissé de profondes entailles dans le navet et les parties trop dures pour être coupées le hérissaient comme des éclats de bois.

Pendant que Jack rongeait sa pitance amère en essayant de la faire durer le plus possible, l'Épouvantail partit inspecter la grotte en déclarant qu'il avait une idée géniale pour améliorer la façade sud. Quelques minutes à peine s'étaient écoulées quand Jack l'entendit soudain pousser un cri indigné.

Il se leva péniblement et se dépêcha d'aller aux nouvelles. Lorsqu'il arriva, l'Épouvantail hurlait en trépignant de rage :

– Vils démons ailés ! Comment osez-vous ? Je vous arracherai vos becs ! Je vous remplirai l'estomac de pierres ! Je vous ferai bouillir ! Vagabonds, usurpateurs ! Vous installer *par effraction* dans notre *grotte !* Allons, disparaissez !

– Calmez-vous, maître. Vous allez vous faire du mal. Que se passe-t-il ?

Il s'agenouilla et scruta l'intérieur de la grotte.

– Sapristi ! s'écria-t-il.

Au beau milieu de la cavité, un petit oiseau tacheté était installé dans un nid. Pendant que

Jack l'observait, un autre petit oiseau entra en volant. Il tenait dans son bec un ver qu'il tendit à l'occupant du nid. Comme celui-ci se soulevait pour l'attraper, Jack aperçut quatre œufs : c'était une mère en train de couver.

« Des œufs, pensa Jack. Des *œufs !* »

– Jack ? dit l'Épouvantail dans son dos. Sois prudent. Ils visent les yeux, ces démons. Reste à l'écart et laisse-moi m'occuper d'eux !

Les deux petits oiseaux tachetés regardaient Jack. Il se lécha les lèvres et déglutit. Puis il soupira et déclara à contrecœur :

– Je suppose qu'il vaut mieux que vous restiez ici, puisque vous devez veiller sur vos œufs.

Ils gardèrent le silence.

– Jack ? s'inquiéta l'Épouvantail.

– Tout va bien, maître.

Il se releva et dut s'appuyer un instant sur l'Épouvantail car sa tête tournait.

– Ils sont en train de couver des œufs.

– Rien que ça ? dit l'Épouvantail d'un ton sévère. Eh bien, cela signifie évidemment que les hostilités sont suspendues jusqu'à l'éclosion.

Il s'adressa aux habitants du nid d'un ton rogue :

– Dites donc, là-dedans. En considération de votre état de futurs parents, je m'abstiendrai de vous chasser. Mais vous me ferez le plaisir de garder cette grotte propre. Dès que vos enfants sauront voler, vous devrez déménager.

Le père oiseau sortit en volant et se percha sur un rameau voisin.

– Bonjour, dit-il. Que faites-vous de beau dans la vie ?

L'Épouvantail cligna des yeux et se gratta le navet.

– Eh bien, je... hum...

– Monseigneur l'Épouvantail travaille dans l'agriculture, intervint Jack.

– Magnifique, dit l'oiseau. Et vous venez de loin ?

– De la Vallée aux Sources, répondit l'Épouvantail.

– Bravo, toutes mes félicitations ! s'exclama l'oiseau en s'envolant.

Jack était sûr d'avoir une hallucination, maintenant. D'ailleurs, il ne se sentait pas bien du tout.

– Jack, mon garçon, dit l'Épouvantail. Pourrais-tu avoir l'obligeance de rajuster un peu mon navet ? J'ai l'impression qu'il se détache.

– Descendons à la plage, maître. La lumière est trop vive, ici, on n'y voit rien. Là-bas, nous pourrons nous mettre à l'ombre du cocotier.

Jack se fraya un chemin parmi les buissons rabougris, en s'appuyant sur son bâton à creuser tandis que l'Épouvantail le protégeait du soleil avec son parapluie. La chaleur était vraiment presque intenable.

Une surprise les attendait en arrivant près du cocotier : un vol de pigeons s'échappa bruyamment du feuillage, en faisant trembler les palmes. A l'instant où ils s'envolèrent, la noix de coco tomba par terre avec un bruit sourd.

– Oh ! Dieu soit loué ! cria Jack en courant la ramasser.

Il la tourna et la retourna fébrilement, en écoutant le lait clapoter à l'intérieur. Avec son canif, il troua l'extrémité et but jusqu'à la dernière goutte. En fait, il aurait cru qu'il y en aurait davantage – sans compter que le lait était en train de rancir.

– Jack, mon garçon, au secours !

L'Épouvantail titubait sur la plage en essayant d'empêcher son navet de tomber. Celui-ci avait été si bien cabossé et entaillé, toutefois, qu'il ne fallait pas compter qu'il puisse rester en place. De plus, quand il aida son maître à s'asseoir à l'ombre, Jack constata que le balai lui servant de colonne vertébrale était fendillé de partout.

– Oh là là, maître ! Votre état est encore pire que le mien ! Mais pour vous, au moins, on peut faire quelque chose. Tenez-vous tranquille, que je retire votre vieille colonne vertébrale pour la remplacer par mon bâton.

– L'opération est-elle dangereuse ? demanda l'Épouvantail d'une voix faible.

– Ce n'est rien du tout, assura Jack. Essayez juste de ne pas gigoter.

Dès que la nouvelle colonne vertébrale fut en place, Jack ramassa le navet. Hélas ! Le malheureux légume se disloqua complètement.

Que pouvait faire Jack, à présent ?

Il n'y avait qu'une solution.

– Tenez, maître, déclara-t-il. Voici votre nouvelle tête.

Il enfonça la noix de coco au bout du bâton, et l'Épouvantail se redressa aussitôt.

Il tourna d'un côté à l'autre sa nouvelle tête et brossa la houppe hérissée qui la couronnait.

Curieusement, les expressions de surprise, de joie et de plaisir se peignant sur la noix de coco parurent à Jack exactement semblables à celles animant naguère le navet. L'Épouvantail était absolument inchangé. En fait, il avait nettement meilleure mine que par le passé.

– Vous voilà bien beau, maître, dit Jack.

– A vrai dire, je me *sens* beau ! Il me semble que je ne me suis jamais senti aussi beau. Jack, mon garçon, tu es merveilleux. Merci mille fois !

Cependant la marche sous le soleil torride s'ajoutant au lait rance sur son estomac eurent raison de la résistance de Jack.

– Puis-je m'asseoir un instant sous votre parapluie, maître ? demanda-t-il. J'ai tellement chaud que j'en ai le vertige.

– Je t'en prie !

Ils restèrent assis quelque temps côte à côte, mais Jack n'arrivait pas à rester droit. Il ne cessait de glisser sur le côté et de s'incliner sur la poitrine de l'Épouvantail. Son maître le laissa dans cette position et il finit par s'endormir.

Une nouvelle fois, Jack fit un rêve où il entendait des voix. La première était celle de l'Épouvantail, lequel parlait à voix basse mais avec une violence contenue :

– Vous avez de la chance que mon serviteur dorme sur ma poitrine, autrement je ne serais pas long à me lever et à vous chasser. Mais je ne veux pas le réveiller. Vous avez bien choisi votre moment, canaille !

– Non, non, vous faites erreur...

Son interlocuteur avait une voix claire et musicale, qui semblait provenir d'un buisson voisin.

– J'ai un message pour vous, continua-t-il. De la part du Grand Congrès de Tous les Oiseaux.

– Le Grand Congrès de Tous les Oiseaux ! s'exclama l'Épouvantail avec un mépris insondable. Je n'en ai jamais entendu parler.

– Votre ignorance est légendaire, répliqua l'oiseau.

– Merci. Mais ne croyez pas m'avoir avec vos flatteries. Comme je suis réduit à l'immobilité, j'imagine que je vais devoir écouter votre absurde message.

– Je vais donc vous le lire. *Le Quatre-vingt-quatre Mille Cinq Cent Soixante-dix-huitième Grand Congrès de Tous les Oiseaux est convoqué par la présente sur l'île du Cocotier, endroit choisi par Leurs Majestés le Roi et la Reine de Tous les Oiseaux. Le Président et le Conseil présentent leurs compliments à Monseigneur l'Épouvantail et le prient d'y assister en tant qu'invité d'honneur afin de recevoir les remerciements du Congrès pour le Palais royal offert par lui, de discuter la question de la Vallée aux Sources et…*

– La Vallée aux Sources ! s'exclama l'Épouvantail. Qu'est-ce que cela signifie ?

– Je n'ai pas terminé, lança l'oiseau. *De discuter la question de la Vallée aux Sources et d'unir nos efforts de façon à rétablir la prospérité du domaine, pour notre mutuel avantage.* Voilà, tout est dit.

– Eh bien, je suis stupéfait, déclara l'Épouvantail. La Vallée aux Sources est un lieu d'une immense importance. Si vraiment vous prétendez décider de son avenir, j'exige qu'on reconnaisse mon droit à m'exprimer sur le sujet.

– Mais c'est exactement ce que nous vous invitons à faire !

– Pourquoi ne le disiez-vous pas plus tôt ? Je vais devoir emmener mon serviteur, vous comprenez.

– Il n'en est pas question.

– Comment ?

– C'est un être humain. Nous autres, oiseaux, nous nous sommes réunis en congrès pendant des centaines de milliers d'années avant l'apparition des humains. Depuis qu'ils existent, ils ne nous ont apporté que des ennuis. Nous sommes prêts à vous accueillir comme notre invité d'honneur car nous n'avons pas peur de vous, alors que nous sommes tous terrifiés par les humains, et…

L'Épouvantail se leva d'un bond.

– Pas peur de *moi ?* Comment osez-vous ne pas avoir peur de moi ? J'ai bien envie de faire la guerre au royaume des oiseaux tout entier !

Fou de rage, il partit en trépignant et en agitant les bras.

Il n'était plus question pour Jack de rester endormi. Il s'assit en clignant des yeux dans la lumière brûlante. Aussitôt, l'oiseau messager vola vers un autre buisson un peu plus éloigné.

Jack se hâta de lancer :

– Non, je vous en prie, écoutez-moi. Ne vous laissez pas rebuter par les manières de mon maître. Monseigneur l'Épouvantail est un sensitif. Il a les nerfs aussi tendus que des cordes de piano.

Il regarda au loin l'Épouvantail, lequel faisait les cent pas en gesticulant, et ajouta en baissant la voix :

– En fait, je ne crois pas qu'il arriverait à se débrouiller sans moi. C'est un vrai héros, ça ne fait pas de doutes, mais à certains égards il est aussi naïf qu'un bébé. Depuis qu'il a eu le cœur brisé par une demoiselle balai, c'est un désespéré, ni plus ni moins. Son cerveau est même tombé. Je vais voir si je peux le faire changer d'avis.

– Dépêche-toi, dit l'oiseau d'un ton irrité.

En louchant pour échapper au soleil éblouissant, Jack se fraya péniblement un chemin parmi les buissons et s'avança sur la plage. Il s'effondra trois fois avant que l'Épouvantail l'aperçoive. Son maître oublia aussitôt sa fureur et accourut vers lui.

– Jack ! Jack ! Tu es malade, mon garçon ?

– Je crois que je vais tirer ma révérence, maître. Je suis bon pour faire le grand saut. Mais écoutez-moi. Je vous ai donné des conseils qui vous ont réussi, n'est-ce pas ? On peut même dire qu'ils étaient plutôt ingénieux ?

– Et comment ! s'écria l'Épouvantail avec chaleur. Je n'ai jamais rien entendu d'aussi ingénieux !

– Alors faites ce que je vous suggère. Dites merci à cet oiseau et allez assister à leur Grand Congrès. Peut-être pourrez-vous arriver à la Vallée aux Sources, même sans moi.

– Sans toi, mon fidèle serviteur ?

– Je ne pense pas que je la verrai jamais, maître. Si vous voulez mon avis, je suis fichu.

– Il n'est pas question que je t'abandonne ! Tu

peux le dire de ma part à cet escroc à plumes. Et ne mâche pas tes mots.

Le pauvre Jack dut se hisser sur ses jambes et retourner d'un pas chancelant auprès de l'oiseau.

– Monseigneur l'Épouvantail dit qu'il serait ravi d'accepter votre invitation. Il présente tous ses compliments au Président et au Conseil.

– A la bonne heure ! s'exclama l'oiseau.

Jack reprit en balbutiant, car il pouvait à peine articuler :

– Est-ce que... Est-ce que j'ai bien entendu, ou était-ce un rêve ? Ces deux petits oiseaux tachetés qui ont fait leur nid dans la grotte... Vous disiez que c'étaient le Roi et la Reine de Tous les Oiseaux ?

– En effet.

– D'accord, dit Jack.

Mais il ne put ajouter un mot, car il sentit qu'il était en train de tomber – et ensuite, il cessa de sentir quoi que ce soit.

XII
Le grand congrès

Quand il se réveilla, Jack était allongé sur le dos. En levant les yeux, il vit un ciel bleu et brillant. Il reposait sur une couche si douce et confortable qu'il pensa tout naturellement qu'il était mort.

Cependant les anges étaient singulièrement bruyants. En fait, Jack se demandait pourquoi saint Pierre, le Saint-Esprit ou quelque autre grand personnage ne venait pas leur dire d'arrêter de se chamailler. Ils faisaient autant de bruit qu'une foule d'oiseaux jacasseurs.

Des oiseaux !

Il se redressa, se frotta les yeux et regarda autour de lui.

Il était assis au milieu de l'île, non loin du réservoir et du palais-grotte, à l'ombre d'un buisson

dont on avait entrelacé les feuilles et les rameaux au-dessus de sa tête. Quelqu'un avait pris la peine de rassembler des feuilles soyeuses afin qu'il s'étende dessus. A côté de lui se dressait une pyramide de fruits, de noisettes et de baies.

– De la nourriture ! Dieu soit loué ! s'exclama-t-il.

Il dévora ce repas inespéré et se sentit aussitôt beaucoup mieux.

A perte de vue, il était environné d'oiseaux : des aigles géants tournoyant au-dessus de lui, des hérons au bord du réservoir, des choucas se pavanant en tous sens, des alouettes faisant des trilles dans l'azur, des flamands, des rouges-gorges, des mouettes, des ibis aux longs becs incurvés, un pélican et même une autruche. Ils étaient occupés à voler, chanter, picorer, se laver, faire bouffer leurs plumes, se disputer en gloussant.

Le vacarme était si assourdissant que Jack avait peine à rassembler ses idées.

Mais où était donc l'Épouvantail ? Jack se leva et regarda à la ronde en mettant sa main en visière pour se protéger du soleil étincelant. Il aperçut près de la plage la silhouette familière de son maître qui marchait d'un air guindé en gesticulant et en pérorant à l'adresse de douzaines d'oiseaux l'accompagnant pas à pas.

« C'est incroyable ! » pensa Jack.

Il se mit en route parmi les buissons afin d'aller aux nouvelles.

– Jack, mon garçon ! s'écria l'Épouvantail en agitant joyeusement son parapluie. Tu t'es enfin réveillé ! Et comment te sens-tu, mon cher serviteur ?

– Je ne sais pas vraiment, dit Jack en se dirigeant d'un pas chancelant vers son maître.

Alors qu'ils ne semblaient nullement effrayés par l'Épouvantail, les oiseaux s'envolèrent dès qu'ils virent arriver Jack. Celui-ci put ainsi parler avec son maître à l'abri des oreilles indiscrètes.

– Je suppose que je suis encore vivant, continua-t-il. Mes bras et mes jambes fonctionnent, donc je ne dois pas être mal en point. Mais que se passe-t-il ici, maître ? D'où viennent tous ces oiseaux ?

– Eh bien, il se trouve que tous les dix ans le Roi et la Reine choisissent un endroit où faire leur nid, puis convoquent tous les oiseaux au Grand Congrès. C'est très simple, tu vois. Primitif, même. Tout à fait le genre d'idée pouvant germer dans leur esprit puéril. Mais ils étaient si enchantés du palais que nous leur avons bâti qu'ils tenaient absolument à rester ici. D'ailleurs, je les ai convaincus de te laisser assister au Congrès, et même de t'apporter des fruits et toutes sortes de provisions. Je leur ai dit qu'autrement je refuserais leur médaille d'or.

– Ils vont vous donner une médaille d'or ? C'est merveilleux, maître !

– Oui, leur enthousiasme ne connaissait plus de bornes. Mais écoute, on appelle les assistants.

Perché à la cime d'un arbuste proche du palais-grotte, un pinson s'égosillait pour rassembler le public. Tous les oiseaux interrompirent aussitôt leurs occupations et accoururent en volant, en se pavanant, en se dandinant ou en planant dans les airs. Ils se disposèrent à écouter le pinson.

– Oiseaux de toutes conditions ! s'écria-t-il. Habitants du ciel ou des marais, frères terrestres ou aquatiques ! Bienvenue au Quatre-vingt-quatre Mille Cinq Cent Soixante-dix-huitième Congrès de Tous les Oiseaux ! J'invite notre noble Président à ouvrir les débats et à accueillir nos hôtes.

Un vieux pélican sauta d'un bond sur un rocher et déclara d'une voix grave et sonore :

– Je déclare le Congrès ouvert. Nous avons des affaires aussi urgentes qu'importantes à discuter. Avant toute chose, cependant, nous avons le plaisir de présenter celui qui a mérité notre médaille d'or. Nous avons célébré bien des lauréats distingués dans le passé, mais peu nombreux étaient ceux dont les prouesses égalaient par leur variété celles de notre invité du jour. Sans aucun souci de sa propre sûreté, il a gravi un mur de pierre afin de remettre l'enfant de M. et Mme Hibou dans le nid de ses parents, dont il était tombé. Plus tard, au risque d'être poursuivi et rossé, ce héros intrépide a libéré cinq linottes, six chardonnerets et sept merles, les arrachant à leur captivité sordide et misérable. Enfin, au cœur d'une bataille meurtrière, au mépris du danger, il a porté en lieu sûr le nid de la signora Rouge-Gorge.

Nombre de petits oiseaux contemplaient avec

admiration l'Épouvantail qui se tenait à côté de Jack, une expression ravie peinte sur sa noix de coco.

– De plus, recourant aux ressources suprêmes de son talent d'architecte, notre médaillé d'or a bâti un palais orné de joyaux pour que Leurs Majestés le Roi et la Reine y installent leur nid. Je suis heureux de vous apprendre l'éclosion de quatre œufs ce matin. Les petits et leurs illustres parents se portent à merveille.

Les oiseaux éclatèrent en acclamations bruyantes. Dans leur joie, plusieurs s'envolèrent et tournoyèrent un instant dans les airs avant de reprendre leur place.

Le pinson réclama le silence. Les oiseaux se turent de nouveau et il lança :

– J'invite maintenant monseigneur l'Épouvantail à venir recevoir sa médaille et à nous dire quelques mots.

L'Épouvantail s'avança avec beaucoup de dignité parmi les rangées de spectateurs ailés et prit place à côté du Président. Quatre colibris accoururent en voletant au-dessus de sa tête et firent tomber adroitement autour de son cou un ruban écarlate auquel pendait la médaille, qui brilla fièrement sur la poitrine dépenaillée du héros.

L'Épouvantail s'éclaircit la voix et commença :

– Vos Majestés ! Monsieur le Président ! Oiseaux de tous genres et toutes conditions !

Tous tendirent l'oreille. Jack croisa les doigts.

– C'est pour moi un immense plaisir, continua l'Épouvantail, que de me trouver ici aujourd'hui afin de recevoir cet hommage. Il est vrai que nous avons pu avoir quelques différends dans le passé. Certains membres de votre peuple ont pu dérober...

Le Président toussa d'un air désapprobateur et observa :

– A nos yeux, il ne s'agit nullement de dérober quoi que ce soit, monseigneur l'Épouvantail. Je vous prierai de vous en tenir à des remarques d'ordre général et de nature amicale.

– Vous essayez de me censurer, n'est-ce pas ? se rebiffa l'Épouvantail. Je reconnais bien là vos manières. Je viens ici dans un esprit d'amitié vous faire l'honneur d'accepter ce misérable colifichet, et vous me traitez comme...

Les oiseaux se mirent à glousser d'indignation en battant des ailes et en secouant leurs têtes. Le Président claqua du bec avec violence pour ramener le silence, puis il s'écria :

– Un misérable colifichet ? Comment osez-vous ? Je n'ai jamais entendu une telle insolence !

L'Épouvantail était sur le point de se mettre en colère. Il n'y avait plus qu'une chose à faire.

– Excusez-moi ! lança Jack. Excusez-moi, Vos Majestés, monsieur le Président, monseigneur l'Épouvantail et vous, honorables assistants, mais je crois que nous nous trouvons en face d'un petit problème de traduction.

– Mais nous parlons tous la même langue, protesta le Président. Il ne fait aucun doute que cette *chose* vient de proférer une insulte aussi monstrueuse qu'impardonnable. C'est absolument indubitable !

– Cette *chose,* monsieur ? Vous m'avez appelé une *chose ?* cria l'Épouvantail dont le parapluie s'ouvrit et se ferma avec fureur.

– Voilà précisément ce que je veux dire, dit Jack en s'avançant avec précaution parmi les rangées d'oiseaux. Monsieur le Président, il me paraît évident que vous parlez deux langues différentes. Vous vous exprimez en langue oiseau, laquelle est digne par sa noblesse et sa richesse de la grande nation de héros ailés qui la parle. Monseigneur l'Épouvantail, lui, parle le cocotier, cet idiome aussi subtil que mystérieux, plein de sagesse et de musicalité. Si vous vouliez bien me laisser traduire pour vous...

– Mais qui êtes-vous ? Vous êtes un humain. Que faites-vous ici ? demanda le Président avec humeur.

– Moi, monsieur ? Je m'appelle Jack, monsieur.

Je ne suis qu'un pauvre garçon, c'est vrai, un simple valet. Je me permets cependant d'offrir humblement mes services en cette période si dangereuse de l'histoire du monde, dans l'intérêt de la paix et de l'harmonie. Si vous consentez à me laisser vous traduire les propos de monseigneur l'Épouvantail et lui traduire les vôtres, je suis certain que ce Congrès se déroulera à la satisfaction générale.

– Humph ! grogna le Président. Commencez donc par traduire qu'à moins que monseigneur l'Épouvantail ne présente des excuses pour cette insulte intolérable, nous n'aurons d'autre alternative que de le dépouiller de sa médaille d'or et de déclarer la guerre.

– Comptez sur moi, assura Jack en s'inclinant profondément.

Il se tourna vers son maître et lui dit :

– Monseigneur l'Épouvantail, le Président s'excuse humblement et vous prie de considérer cette petite joute oratoire comme un incident sans importance.

– Vraiment ? Tu peux lui répondre que je suis un Épouvantail fier et libre, rebelle à la tyrannie. Je suis prêt à défier l'autorité despotique d'une bande de freluquets à plumes, et il n'est pas question que je me soumette à la censure.

– D'accord, maître.

Se tournant vers le Président, il déclara :

– Monseigneur l'Épouvantail vous présente ses compliments les plus sincères et cordiaux, et supplie le Congrès de ne voir dans les paroles irréfléchies qui viennent de lui échapper que l'expression naturelle de l'enthousiasme exubérant d'un héros qui toute sa vie a éprouvé une considération aussi profonde que passionnée envers la nation des oiseaux. Il me demande d'ajouter que jamais, dans toute son existence, il n'a reçu un honneur revêtant à ses yeux l'importance de cette médaille d'or. Il est pourtant titulaire de l'Ordre du Radis d'Émeraude, de la Coupe de la Betterave et du Trophée de la Course aux Panais. Bien plus, il a été fait Chevalier du Balai. Cependant il renoncerait avec joie à ces récompenses prestigieuses en faveur de votre médaille d'or, qu'il entend porter avec un cœur ardent et reconnaissant jusqu'à son dernier souffle.

– Il a vraiment dit tout cela ? demanda le Président d'un ton soupçonneux.

– Le cocotier est une langue très concise, répondit Jack.

– Effectivement. Enfin, s'il en est ainsi, je suis heureux d'accepter ses excuses, déclara le Président en s'inclinant avec raideur devant l'Épouvantail.

– Il dit qu'il vous présente ses plus humbles excuses, traduisit Jack à l'Épouvantail.

– Je n'ai pas eu cette impression, répliqua son maître. En fait...

– Mais non, voyons. Il parlait en oiseau.

– Ah, je comprends. Quelle langue stupéfiante !

– C'est pourquoi vous avez besoin d'un interprète, maître.

– En effet. Quelle chance que tu la parles si couramment ! Eh bien, dans ce cas, je suis heureux d'accepter ses excuses.

Et l'Épouvantail s'inclina avec raideur devant le Président.

En les voyant faire assaut de politesse, les oiseaux se mirent tous frénétiquement à chanter, crier, battre des ailes, glousser, pépier et roucouler. L'Épouvantail répondit à cet enthousiasme en s'inclinant d'un air radieux dans toutes les directions. C'est ainsi que les assistants devinrent, au moins pour le moment, les meilleurs amis du monde. Toutefois Jack se dit qu'ils auraient sans doute encore besoin d'un bon interprète par la suite.

Après les formalités, le Congrès aborda l'affaire de la Vallée aux Sources. Cependant l'Épouvantail semblait incapable de se concentrer. Plusieurs oiseaux présentèrent des rapports sur l'usine à poison de la Société Buffaloni et sur la façon dont ces bandits détournaient les rivières, asséchaient les puits et tarissaient les sources, mais l'Épouvantail ne réagissait qu'en se trémoussant, en se grattant et en tirant sur ses vêtements.

Les débats furent interrompus pour une pause, et Jack en profita pour demander :

– Vous allez bien, maître ? Vous n'avez pas l'air dans votre assiette.

– Je crois que je me vide de ma substance, Jack. Je souffre d'une grave perte de paille.

Jack l'examina et déclara :

– Vous avez raison, maître. Votre rembourrage a l'air de s'échapper. Il faudrait le renouveler.

– Que fabriquez-vous ? s'enquit le pinson qui s'était approché d'un coup d'aile. Que se passe-t-il ? Quel est le problème ?

– Monseigneur l'Épouvantail se vide de sa paille, expliqua Jack. Nous devons trouver de quoi le regarnir.

– Ce n'est rien du tout ! Nous nous en chargeons ! s'écria le pinson avant de s'envoler.

– Je vais enlever toute cette vieille paille, maître, dit Jack. A force d'être battue, trempée et desséchée, elle est en piteux état. Un nouveau rembourrage ne sera pas du luxe. Croyez-moi, vous vous sentirez bien mieux après cette petite opération.

Il sortit par poignées les brins de paille poussiéreux, les rameaux cassés, les chiffons en lambeaux et autres débris qui remplissaient l'Épouvantail.

– Je me sens terriblement creux, observa l'Épouvantail. C'est une impression très déplaisante. Je m'entends résonner comme un vieux château plein d'échos.

– Ne vous en faites pas, maître. Vous serez bientôt rembourré à neuf. Tiens, qu'est-ce que c'est ?

Un rouleau de papier enveloppé dans de la toile cirée était glissé en plein milieu de la paille.

– C'est mon intime conviction ! s'exclama l'Épouvantail. Ne la jette à aucun prix.

Jack déplia la toile cirée. Elle contenait une feuille couverte d'écriture.

– Quelle malchance, s'écria Jack. J'espérais qu'il y aurait une image. Je ne sais pas lire. Et vous, maître ?

– Hélas, non. Je pense que mon éducation a été interrompue.

Cependant une foule d'oiseaux commençaient à

arriver en volant. Ils apportaient chacun un brin de paille, un rameau ou un fragment de mousse. Sous la direction du pinson, ils entreprirent de les fixer solidement à l'intérieur de l'Épouvantail. Chaque oiseau s'approchait, entrelaçait sa contribution au reste du rembourrage puis repartait à tire-d'aile.

– Ils font du bon travail, maître, dit Jack. Je vais remettre ce papier à sa place pour qu'ils puissent terminer.

– De quoi s'agit-il ? demanda le pinson. Qu'est-ce que vous tenez là ? Alors ?

– C'est mon intime conviction, répondit l'Épouvantail.

– A quel propos ? Quelle est cette histoire ?

– Nous l'ignorons, avoua Jack. Nous ne savons pas lire.

Le pinson poussa un pépiement d'impatience et s'envola. Les autres oiseaux continuèrent de regarnir l'Épouvantail. Cependant la nouvelle du mystérieux papier s'était répandue et le Président en personne vint jeter un coup d'œil. Tandis que les petits oiseaux s'affairaient, l'Épouvantail brandit fièrement son intime conviction.

– Vous remarquerez qu'elle est reliée en toile cirée, déclara-t-il avec orgueil. De cette façon, elle a traversé sans aucun dommage toutes nos aventures.

Il ajouta d'un ton pénétré :

– Je savais qu'elle était là. Toute ma vie, j'en ai eu la certitude.

– Fort bien. Mais que raconte ce papier, espèce de nigaud ? demanda le Président. Êtes-vous trop stupide pour savoir ce qu'est votre propre intime conviction ?

L'Épouvantail ouvrit la bouche pour protester, puis il se reprit et se tourna vers Jack pour la traduction.

Cependant Jack n'eut pas le temps de dire un mot, car il entendit brusquement dans son dos un croassement rauque. Il sursauta, se retourna et vit une vieille corneille s'approcher en volant avant de se poser sur l'herbe.

Elle fit un signe de tête au Président, lequel s'inclina avec respect devant elle.

– Bonjour, Grand-Mère Corneille, dit-il.

– Eh bien, où est-il ? demanda-t-elle. Ce papier qu'on a trouvé dans l'Épouvantail ? Allons, je veux le voir tout de suite.

Jack déplia le papier pour elle. Elle posa dessus sa patte crochue et lut en silence.

Puis elle leva les yeux et s'adressa à Jack :

– Viens avec moi, mon garçon. J'ai un mot à te dire.

Il la suivit dans un endroit tranquille, à quelque distance de l'assemblée.

– J'ai entendu parler de tes prétendues traductions, dit-elle. Tu es un malin, mais fais attention à ne pas y aller trop fort. A présent, parle-moi de l'Épouvantail sans omettre le moindre détail.

Jack lui raconta tout ce qui s'était passé depuis l'instant où il avait entendu l'Épouvantail appeler au secours dans le champ boueux jusqu'à la veille, quand la faim l'avait fait défaillir.

– Parfait, dit-elle. Maintenant, il faut s'attendre à de sérieux ennuis. L'Épouvantail va avoir plus que jamais besoin de cette fameuse intime conviction. Replie-la, remets-la à sa place et ne laisse pas ton maître la perdre.

– Mais pourquoi, Grand-Mère Corneille ? De quels ennuis parlez-vous ? Mon maître va-t-il courir un danger quelconque ? Vous comprenez, il est brave comme un lion... mais il n'a pas tout à fait la tête sur les épaules, si vous voyez ce que je veux dire.

– Cette fois, le danger sera d'ordre juridique. Ce sont les Buffaloni qui veulent lui faire des ennuis.

– Eh bien, nous pouvons prendre la fuite !

– Non, ce n'est plus possible. Ils sont sur votre piste. Nous avons quelques jours d'avance sur eux. A nous d'en tirer le meilleur parti que nous pourrons.

– Cette histoire ne me dit rien qui vaille.

– Il nous reste une chance, assura la vieille corneille. Mais seulement si tu fais exactement ce que je te dis. Et il faudra te dépêcher : nous n'avons pas une minute à perdre.

XIII
La cour d'assises

Grand-Mère Corneille leur avait demandé avant toute autre chose de regagner le continent, ce qui se révéla finalement des plus aisés. Des mouettes vivant dans le port de pêche le plus proche trouvèrent un canot à rames inutilisé et le confièrent à une troupe d'oies qui le halèrent jusqu'à l'île en moins d'une journée. Une fois que Jack et son maître eurent pris place à bord, les oies refirent la traversée de la même façon. Le soir même, les deux voyageurs s'installaient sous une haie.

– Qui sait, Jack, s'exclama l'Épouvantail, ceci pourrait bien être une de nos dernières nuits à la belle étoile ! D'ici peu, nous dormirons dans notre propre ferme.

« Ou en prison », pensa Jack.

La suite du programme consistait à se rendre à Bella Fontana, la ville voisine de la Vallée aux Sources. En marchant d'un bon pas, ils y arrivèrent en moins d'une semaine. Grand-Mère Corneille leur avait dit qu'elle ne pouvait les accompagner, car une affaire urgente l'attendait ailleurs, mais elle devait les retrouver en ville.

– Tu sais, mon garçon, déclara l'Épouvantail tandis qu'ils se dirigeaient vers la place du marché, je me suis peut-être trompé sur le compte de ces oiseaux. Ils débordent de bonnes intentions, au fond. Ce sont des têtes sans cervelle, bien sûr, mais aussi des cœurs d'or.

– A présent, maître, n'oubliez pas ce qu'a dit Grand-Mère Corneille. Nous avons rendez-vous avec elle près de la fontaine. Et je crois qu'il serait préférable que vous me laissiez parler pour vous, tant que nous serons dans la ville. Vous ferez beaucoup plus d'impression en vous montrant taciturne et mystérieux.

– Mais c'est exactement ce que je suis, observa l'Épouvantail.

Au cours du voyage, il avait réussi à perdre sa médaille d'or onze fois et le papier de son intime conviction seize fois. Jack pensait qu'il serait judicieux de les déposer dans une banque, afin qu'ils soient en sûreté en attendant de servir. Dès qu'ils arrivèrent au centre-ville, dont le bassin à sec avait été naguère la fontaine municipale, ils se mirent en quête de la banque.

Au moment où ils allaient y pénétrer, un gros oiseau noir vint se percher sur la vasque poussiéreuse en croassant bruyamment.

– Grand-Mère Corneille ! s'écria Jack. Où étiez-vous ? Nous nous apprêtions à entrer dans la banque.

– J'ai été occupée, répliqua-t-elle. Quel besoin avez-vous d'une banque ?

L'Épouvantail expliqua :

– Nous allons y déposer mon intime conviction. N'ayez pas peur, nous savons ce que nous faisons.

– Vous ne méritez pas votre chance, croassa-t-elle. Savez-vous comment s'appelle cette banque ? C'est le Banco Buffaloni.

L'Épouvantail la regarda avec consternation.

– Ces Buffaloni sont partout ! s'exclama-t-il. Eh bien, il est évident que nous ne pouvons pas nous fier à cette banque. Je devrai veiller moi-même sur mon intime conviction. Où est-elle, à propos ? Où donc est-elle passée ? Qu'est-ce que j'en ai fait ?

– Vous l'avez sur vous, maître, lui rappela Jack. Elle est en sûreté dans votre paille. Mais que faisons-nous maintenant, Grand-Mère Corneille ? Et que se passe-t-il ici ? Il y a foule.

– C'est la cour d'assises, dit-elle. Elle se tient quand le juge vient statuer sur les divers procès. Il juge toutes les affaires civiles et criminelles. Le voici qui arrive.

Jack et l'Épouvantail virent s'ouvrir les portes imposantes de l'hôtel de ville, d'où sortit un monsieur déjà âgé vêtu d'une longue robe rouge. Il marchait en tête d'un cortège d'hommes en robe noire – les avoués. Le secrétaire de mairie venait en dernier, coiffé d'un chapeau haut-de-forme. Escortés par une armée de policiers arborant leurs uniformes du dimanche, ils traversèrent la place et gravirent les marches menant au tribunal.

– Parfait, lança Grand-Mère Corneille. A votre tour d'entrer. Et plus vite que ça !

– Mais qu'allons-nous faire dans ce tribunal ?

– Vous allez faire valoir devant la cour les droits de l'Épouvantail sur la Vallée aux Sources.

– Quelle merveilleuse idée, Jack ! s'écria l'Épouvantail. Allons-y tout de suite.

Avant que Jack ait pu le retenir, il s'élança sur les marches et franchit le seuil du palais de justice, avec Grand-Mère Corneille perchée sur son épaule.

Jack se précipita à sa suite et le retrouva en train de se disputer avec un huissier assis derrière un bureau.

– J'exige absolument que ma cause soit jugée, criait l'Épouvantail en tapant sur la table avec son parapluie. Il s'agit d'une affaire de la plus haute importance !

– Vous ne figurez pas sur ma liste, s'entêtait l'huissier. Comment vous appelez-vous ? Monseigneur l'Épouvantail ? Ne soyez pas ridicule. Allez-vous-en !

Jack se dit qu'il valait mieux intervenir. Puisqu'ils étaient dans les ennuis jusqu'au cou, ils pouvaient bien s'enfoncer encore un peu.

– Vous ne comprenez pas, dit-il. Cette affaire est extrêmement urgente. Il s'agit des droits de propriété de la Vallée aux Sources, un dossier qui ne sera pas long à traiter. Voyez-vous, si la question n'est pas réglée rapidement, tous les points d'eau seront à sec, exactement comme la fontaine de la place. Portez le nom de mon maître sur la liste. Nous aurons fini dans cinq minutes et l'eau de la vallée sera sauvée.

– Allez-y ! s'écria un homme faisant la queue pour assister aux audiences. J'aimerais bien voir un épouvantail devant la cour.

– Oui, faites-le passer le premier, dit une femme portant un sac à provisions. Il a une bonne tête.

– En fait de tête, on dirait une noix de coco ! rétorqua l'huissier.

– A vrai dire, *c'est* une noix de coco, confirma l'Épouvantail.

– Allons, mettez-le en tête de la liste, dirent

d'autres gens dans la foule. C'est notre seule chance de rire un peu aujourd'hui.

– Absolument ! Il faut que la cause de l'Épouvantail soit jugée !

– Bonne chance, l'Épouvantail !

L'huissier n'avait pas le choix. Il dut écrire en haut de sa feuille :

Monseigneur l'Épouvantail dans l'affaire des droits de propriété de la Vallée aux Sources.

Il avait à peine reposé sa plume que la porte s'ouvrit brutalement sur une escouade de policiers. Ils étaient menés par un homme maigre vêtu d'un costume de soie noir : M. Cercorelli. L'avoué prit la parole :

– Un instant, je vous prie. Inspecteur, arrêtez cette personne sur-le-champ.

L'Épouvantail regarda à la ronde pour voir qui allait être arrêté. Il fut interloqué quand l'inspecteur saisit son poteau indicateur et essaya de lui passer les menottes.

– Que faites-vous ? Laissez-moi ! C'est un scandale ! cria-t-il.

– Allez, mon garçon, dit Grand-Mère Corneille à Jack d'un ton tranquille. A toi de jouer.

Jack s'adressa à l'avoué :

– Excusez-moi, mais vous ne pouvez pas arrêter monseigneur l'Épouvantail alors que son affaire va justement passer en justice.

– Plaît-il ?

– C'est la vérité, monsieur Cercorelli, dit l'huissier en lui montrant la liste des affaires devant être jugées.

L'Épouvantail se débarrassa des menottes et épousseta ses habits d'un air digne. Une cloche invita tous les participants à pénétrer dans la salle d'audience. M. Cercorelli se retira pour parler d'urgence à un groupe d'autres avoués tapis près de la porte. Jack les surveilla du coin de l'œil et vit qu'ils se penchaient tous sur l'épaule de M. Cercorelli pour lire le libellé de l'affaire de l'Épouvantail. Mais dès qu'ils l'eurent lu, ils se mirent à sourire en hochant la tête avec satisfaction.

« Sapristi, pourquoi sont-ils si joyeux ? » pensa-t-il.

Puis il entendit l'huissier dire quelque chose derrière son bureau. Il se retourna en demandant :

– Comment ?

– Je disais que vous aviez de la chance, répéta l'huissier. Vous allez avoir affaire à un juge éminent. C'est le juriste le plus savant de tout le royaume.

– Quel est son nom ? s'enquit Jack tandis que les portes s'ouvraient et que le greffier de la cour demandait le silence.

– M. Juste Buffaloni, répondit l'huissier.

– *Quoi ?*

Mais il était trop tard pour reculer. La foule se bousculait dans leur dos afin de pénétrer dans la salle d'audience. Jack vit de nombreux assistants entrer et sortir précipitamment par des portes latérales, en faisant des signes et en chuchotant. Bientôt, il n'y eut plus une place de libre. L'Épouvantail et Jack se retrouvèrent coincés derrière une table en plein milieu de la salle, avec des avoués entassés à droite et à gauche. Devant eux se dressait le siège du juge. Le jury prit place en file indienne sur un banc le long du mur.

Quand le juge entra, tous se levèrent. Il s'inclina devant la cour, et chacun répondit à son tour par des courbettes. Puis il s'assit.

– Je commence à me sentir un peu nerveux, chuchota Jack. Et Grand-Mère Corneille qui a disparu ! Je ne sais pas quoi faire.

– Ne t'inquiète pas, mon garçon, répondit à voix basse l'Épouvantail. Tu peux avoir confiance en la loi, Jack ! Nous avons la justice de notre côté !

– Silence ! rugit le greffier. Première affaire. L'Épouvantail contre la Société de Bienfaisance Générale et d'Industrie Chimique.

L'Épouvantail sourit en hochant sa noix de coco. Jack leva la main.

– Quoi ? Qu'y a-t-il ? glapit le juge.

– Excusez-moi, monsieur le juge, dit Jack, mais tout va un peu trop vite. Qui sont donc ces gens de la Société de Bienfaisance Générale ?

– Puisque vous allez par là, répliqua le juge, qui êtes-vous, *vous* ?

Il regarda malicieusement les avoués, lesquels éclatèrent tous d'un rire tonitruant en se tenant les

côtes à l'audition de cette brillante plaisanterie juridique.

– Je suis l'avocat de monseigneur l'Épouvantail, lança Jack. Et mon client voudrait savoir qui sont ces Bienfaiteurs Généraux, car il n'en a encore jamais entendu parler.

– Si je puis donner quelques explications, monsieur le juge, dit M. Cercorelli en se levant doucement. Je représente la Société de Bienfaisance Générale, qui est l'actionnaire majoritaire de la firme connue sous le nom de Compagnie Industrielle de Bienfaisance Générale. Cette dernière est l'organisme chargé de gérer la Générale d'Industrie Chimique, dont dépendent plusieurs usines installées dans la Vallée aux Sources en vue de l'exploitation usufruitière de certains droits sur des minéraux et des sources alloués à la Société de Bienfaisance Générale, laquelle a été reconnue d'utilité publique par le décret de 1772 et agit en tant que société holding dans l'affaire de la Générale d'Industrie Chimique *per tenendas praedictas terras.*

– Et voilà, dit le juge à Jack. C'est limpide. Maintenant, tenez-vous tranquille pendant que nous jugeons cette affaire et rendons un verdict en faveur de l'accusé.

– Très bien, s'exclama Jack. Monsieur le juge, je désirerais citer comme témoin monseigneur l'Épouvantail.

Les avoués se concertèrent. Des mots interminables et ronflants volèrent dans la salle comme des guêpes bourdonnant autour d'un arbre chargé de fruits. L'Épouvantail souriait à tous les membres de la cour, en regardant à la ronde d'un air aussi fier que satisfait.

M. Cercorelli déclara enfin :

– Nous n'y voyons pas d'objection, monsieur le juge. Bien entendu, le témoin devra répondre à un contre-interrogatoire.

– L'Épouvantail est appelé à la barre des témoins ! hurla le greffier de la cour.

L'Épouvantail se leva et fit force courbettes à l'adresse du juge, du jury, du greffier, des avoués et du public.

– Arrêtez de vous dandiner comme un dindon et allez à la barre ! glapit le juge.

– Comme un *dindon ?* s'écria l'Épouvantail.

– C'est un terme juridique, maître, lança Jack précipitamment.

– Oh, dans ce cas, c'est parfait, dit l'Épouvantail en s'inclinant de plus belle.

Les membres du public, qui assistaient à la scène depuis la tribune, s'amusaient comme des rois. Ils s'installèrent confortablement pour écouter Jack.

– Quel est votre nom ? commença-t-il.

L'Épouvantail parut perplexe. Il se gratta la noix de coco.

– C'est monseigneur l'Épouvantail, dit Jack pour l'aider.

– Il influence le témoin ! cria un des avoués.

– Effacez cette phrase du procès-verbal, décréta le juge. Quant à vous, mon garçon, limitez-vous à des questions. Ne soufflez pas au témoin ce qu'il doit dire.

– D'accord, dit Jack. Il s'appelle monseigneur l'Épouvantail. Je suis son serviteur, à propos.

– Un *excellent* serviteur ! renchérit l'Épouvantail.

– Silence ! lança le juge. Continuez l'interrogatoire, mon garçon. Quant à vous, scélérat, tenez votre langue.

L'Épouvantail approuva énergiquement de la tête en regardant l'assistance d'un air radieux. Dans la tribune, le public commença à pouffer.

– Écoutez-moi bien, monseigneur l'Épouvantail, reprit Jack. Vous affirmez que cette fameuse Société de Bienfaisance Générale n'est pas le propriétaire légal de la Vallée aux Sources.

– Absolument.

– Dans ce cas, à qui appartient-elle ?

– A moi !

– Et pouvez-vous le prouver ?

– Je l'espère, répliqua l'Épouvantail d'un air dubitatif.

Le public éclata de rire.

– Silence dans la salle ! rugit le juge en lançant à la ronde des regards furibonds.

Quand le calme fut revenu, il déclara à Jack :

– Si vous n'en venez pas au fait, je vous ferai arrêter tous les deux pour avoir gaspillé le temps de la cour. Votre témoin a-t-il une information utile à nous communiquer, oui ou non ?

– Oh, oui, monsieur le juge. Laissez-moi juste l'interroger encore.

– Vous ne pouvez pas lui poser éternellement la même question !

– Rien qu'une fois. Parole d'honneur.

– Je vous accorde une dernière chance.

– Merci mille fois, monsieur le juge. Bon, allons-y. Monseigneur l'Épouvantail, comment savez-vous que vous êtes le propriétaire de la Vallée aux Sources ?

– Ah ! s'exclama l'Épouvantail. C'est que j'ai une intime conviction. Depuis toujours. En fait, je l'ai ici…

Il se mit à fouiller dans sa poitrine.

– Je sais qu'elle est quelque part… Oui ! La voici !

– En effet, déclara Jack. Monsieur le juge, honorables membres du jury, mesdames et messieurs, ce papier prouve sans doute possible que la Vallée aux Sources appartient à monseigneur l'Épouvantail et que ces Bienfaisants Chimiques sont dans l'illégalité. J'ai dit.

– Mais que raconte ce papier, jeune crétin ? gronda le juge. Dites à votre client de le lire à la cour.

– C'est qu'il ne sait pas lire, monsieur le juge.

– Alors lisez-le vous-même !

– Mais j'en suis moi aussi incapable. C'est un sérieux handicap. Si j'avais su ce que je sais maintenant, je me serais arrangé pour naître dans une famille riche et non chez des pauvres. Je suis sûr que j'aurais appris à lire.

– Si vous ne savez pas lire, observa le juge, comment connaissez-vous le contenu de ce document ? Je vous préviens, mon garçon, vous risquez de sérieux ennuis !

– Monsieur le juge, dit l'un des avoués. Il n'a qu'à vous donner ce papier. Vous le lirez pour le plus grand bénéfice de la cour.

– Impossible ! s'écria Jack aussitôt. Nous voulons un lecteur étranger au procès, conformément au principe *non boni est jugem non independentem.*

La situation devenait de plus en plus délicate quand Jack remarqua soudain du coin de l'œil un mouvement dans la salle. Il leva les yeux et vit Grand-Mère Corneille entrer par une haute fenêtre, en compagnie d'un merle paraissant très nerveux. Elle l'obligea à se percher sur le rebord de la fenêtre et lui intima de ne plus bouger.

– Quoi qu'il en soit, lança Jack avec soulagement, je crois que j'entrevois un moyen de sortir de cet imbroglio juridique. Je voudrais inviter mon associée, Grand-Mère Corneille, à me rejoindre pour traiter à ma place cette partie du dossier.

Grand-Mère Corneille s'envola de la fenêtre et se posa sur la table près de Jack. Son arrivée fit sensation dans le public et consterna les avoués, qui se concertèrent une nouvelle fois. M. Cercorelli lança :

– Monsieur le juge, il est impossible de permettre cette intervention, pour le motif que *oisellus ridiculus pretendibus avouerorum.*

Mais Jack riposta aussitôt :

– Mon client n'est qu'un pauvre épouvantail, sans un sou vaillant. La justice de ce pays n'est-elle destinée qu'aux riches ? Certainement pas ! Et si, dans la bonté de son cœur, ce misérable oiseau, cette vieille corneille miteuse et délabrée s'offre à représenter l'Épouvantail parce qu'il ne peut se permettre mieux, assurément cette cour auguste et ce noble juge ne refuseront pas à mon client le maigre secours que peut lui apporter une si piètre bienfaitrice ? Considérez l'énorme fortune, les recours insondables, les illustres génies juridiques qui nous sont opposés ! Monsieur le juge, magnanimes membres du jury, mesdames et messieurs du public, serait-il impossible d'obtenir justice aux Assises de Bella Fontana ? N'y aura-t-il donc aucune pitié ?...

– D'accord, d'accord, soupira le juge en voyant que tout le monde dans la tribune hochait la tête avec compassion. Cet oiseau peut parler au nom de l'Épouvantail.

– Et comment ! s'exclama Grand-Mère Corneille.

Elle murmura ensuite à Jack :

– Miteuse et délabrée, hein ? Je m'expliquerai avec toi plus tard.

L'Épouvantail observait la scène avec grand intérêt.

– Eh bien, allez-y, dit le juge.

– Tout de suite, répliqua Grand-Mère Corneille. Écoutez-moi bien, maintenant. Vous, l'Épouvantail, vous pouvez quitter la barre. Je veux citer deux autres témoins avant de reprendre votre interrogatoire. M. et Mme Piccolini, s'il vous plaît.

C'étaient les deux vieillards à qui elle avait parlé alors qu'ils faisaient leurs paquets pour quitter leur maison. Ils traversèrent la salle d'audience en se serrant craintivement l'un contre l'autre et se présentèrent à la barre.

Une fois qu'ils eurent donné leurs noms et adresse, Grand-Mère Corneille lança :

– Maintenant, dites à la cour ce qui s'est passé juste avant la mort de votre voisin.

– Eh bien, notre voisin, M. Pandolfo, était très malade, raconta Mme Piccolini. Quand il nous a demandé de passer chez lui, le pauvre, nous avons cru qu'il allait nous demander d'appeler le médecin. En fait, il voulait simplement signer devant nous un papier qu'il nous a demandé ensuite de signer à notre tour. Ce que nous avons fait.

– Vous a-t-il dit ce qui était écrit sur ce papier ?

– Non.

– Vous ne pourriez donc pas le reconnaître ?

– Si. M. Pandolfo buvait du café et il en a répandu quelques gouttes sur le papier. Il doit y avoir une tache dessus.

Grand-Mère Corneille se tourna vers Jack et ordonna :

– Allez, sors-le de son enveloppe.

Jack ouvrit le paquet en toile cirée et brandit le papier. Comme l'avait annoncé la vieille dame, il y avait une tache de café dans un coin. La tension était à son comble.

Tous les avoués se levèrent d'un bond en protestant, mais Grand-Mère Corneille claqua du bec si violemment qu'ils furent réduits au silence.

– Vous n'avez pas envie de savoir ce que dit ce papier ? demanda-t-elle. Parce qu'en dehors de vous, tout le monde brûle de curiosité.

Ils se concertèrent derechef et l'un d'eux déclara au bout d'une minute ou deux :

– Nous consentons volontiers à ce qu'un témoin indépendant lise ce document.

– Dans ce cas, dit Jack, nous désignons comme lectrice cette dame du jury.

Il montra du doigt une vieille dame en robe bleue. L'Épouvantail se leva pour s'incliner devant elle. Très émue, elle déclara :

– Eh bien, si vous le désirez, je n'y vois pas d'inconvénient…

Elle chaussa une paire de lunettes et Jack lui tendit le papier. Elle le parcourut rapidement et s'exclama :

– Mon Dieu ! Pauvre vieux monsieur !

Puis elle lut d'une voix claire :

– *Je, soussigné Carlo Pandolfo, parfaitement sain d'esprit quoique peu solide sur mes jambes, ai rédigé ce document adressé à qui de droit.*

« Étant le propriétaire légal de la Vallée aux Sources, je puis en disposer à mon gré et je décide de la léguer comme suit après que j'aurai cassé ma pipe.

« Je désire avant tout que la ferme et l'ensemble des sources, puits, cours d'eau, étangs, rivières et fontaines échappent aux mains de mes cousins, ces vauriens de Buffaloni, car je me méfie d'eux tous sans exception et ils ne sont qu'une bande de coquins.

« Et je n'ai ni épouse ni enfants ni nièces ni neveux.

« Et pas d'amis non plus, en dehors de M. et Mme Piccolini en bas de la colline.

« Je vais donc fabriquer un épouvantail que je placerai dans le champ de trois arpents près du verger et dans lequel je glisserai ce papier.

« Lequel papier constituera mes dernières volontés et mon testament.

« Je lègue la Vallée aux Sources avec tous ses bâtiments, sources, puits, cours d'eau, étangs, rivières et fontaines audit épouvantail, et il en sera le propriétaire à perpétuité et je lui souhaite bonne chance.

« C'est tout ce que j'ai à dire.

« Carlo Pandolfo.

Quand la dame eut achevé sa lecture, la salle resta silencieuse.

Puis l'Épouvantail déclara :

– Je vous l'avais bien dit que j'avais une intime conviction !

Puis ce fut un tumulte indescriptible. Tous les avoués se mirent à parler en même temps. Dans la tribune, les assistants échangeaient force exclamations :

– Ça alors !... Je n'aurais jamais... Vous avez entendu ?... Et que va devenir...

Le greffier de la cour demanda le silence. Chacun se tut dans l'attente de ce qu'allait dire le juge. Mais ce fut Grand-Mère Corneille qui prit la parole :

– Eh bien, voilà le fin mot de l'affaire. Le testament est légal et dûment authentifié. La Vallée aux Sources appartient donc à l'Épouvantail et nous pouvons tous...

– Un instant, lança M. Cercorelli. Pas si vite. Nous n'en avons pas encore fini.

XIV
Un témoin surprise

Tous les yeux se fixèrent sur le juge. Rien qu'en voyant l'expression de son visage, Jack sentit son estomac se nouer.

– Le premier témoin doit encore subir un contre-interrogatoire, décréta le magistrat. M. Cercorelli, vous avez la parole.

– Merci, monsieur le juge, dit l'avoué.

Jack regarda Grand-Mère Corneille. Qu'allait-il se passer maintenant ? Mais il ne put lire aucun sentiment sur son vieux visage.

L'Épouvantail retourna à la barre en souriant à la ronde. M. Cercorelli lui rendit son sourire. Ils avaient l'air tous deux des meilleurs amis du monde.

Puis l'avoué commença l'interrogatoire :

– Vous êtes l'épouvantail dont il est fait mention dans le document que madame vient de lire ?

– Oh, oui.

– Vous en êtes certain ?

– Absolument certain.

– Sans l'ombre d'un doute ?

– Sans l'ombre d'un doute. Je suis assurément moi, et je l'ai toujours été.

– Eh bien, M. l'Épouvantail, examinons vos prétentions d'un peu plus près. Intéressons-nous à *votre personne*, dit-il en souriant de plus belle.

L'Épouvantail lui sourit à son tour.

– Examinons votre main gauche, par exemple, continua l'avoué. C'est une main remarquable, n'est-ce pas ?

– Oh, oui. Elle protège de la pluie !

L'Épouvantail ouvrit son parapluie avec enthousiasme, mais il se hâta de le refermer en voyant le juge froncer les sourcils.

– Et où avez-vous trouvé une main aussi superbe ?

– Au marché de la ville où je débutais comme vedette dans *La Tragique Histoire d'Arlequin et de la Reine Didon*, répondit fièrement l'Épouvantail.

Ç'a été une représentation mémorable. J'apparaissais d'abord comme...

– Je suis sûr que c'était captivant. Mais revenons à votre main. Vous avez donc perdu votre main d'origine ?

– Oui. Elle s'est détachée et mon serviteur m'a trouvé celle-ci pour la remplacer.

– Magnifique. Maintenant, pouvez-vous nous montrer votre main droite ?

L'Épouvantail brandit sa main droite.

– On dirait un poteau indicateur, observa l'avoué. Est-ce exact ?

– Absolument. Elle montre du doigt, vous voyez. Dès que mon serviteur me l'a installée, je suis devenu expert dans l'art de montrer du doigt.

– Et pourquoi votre serviteur vous a-t-il installé une nouvelle main droite ?

– Parce que la première s'était cassée.

– Je vois. Merci. Vous avez donc perdu les deux bras que vous aviez à votre... euh... naissance.

Jack bondit pour protester. Il ne voyait que trop où l'avoué voulait en venir.

– Monsieur le juge, s'écria-t-il, les pièces de rechange ne font aucune différence. C'est toujours le même épouvantail !

– On peut en douter, monsieur le juge, répliqua M. Cercorelli. Nous tentons d'établir dans quelle mesure l'épouvantail ici présent est le même que celui fabriqué par M. Pandolfo. S'il ne subsiste plus rien de l'épouvantail d'origine, le testament est nul et le domaine de la Vallée aux Sources revient à la Société de Bienfaisance Générale, conformément au principe *absolutem absurditas epouvantaillibus proprietairem.*

– C'est juste, approuva le juge. Continuez.

Malgré les protestations de Jack, M. Cercorelli passa en revue toute l'histoire de l'Épouvantail. Il démontra que tout en lui avait été remplacé par de nouveaux éléments, y compris la paille qui le remplissait.

– En somme, mesdames et messieurs du jury, conclut-il, nous voyons clairement que l'épouvantail fabriqué par M. Pandolfo, et auquel il entendait léguer la Vallée aux Sources, cet épouvantail n'existe plus. Ses parties constituantes ont toutes été éparpillées aux quatre vents. Il n'en reste rien. Ce personnage que vous voyez à la barre, si fier de sa main gauche qui protège de la pluie, si content de sa main droite qui montre si bien du doigt, ce triste sire n'est qu'un imposteur.

– Dites donc ! s'exclama Jack. Non, non, attendez une minute !

– Silence ! tonna le juge. Honorables membres du jury, vous venez d'entendre le récit de la tentative de fraude la plus éhontée dont j'aie jamais eu le malheur de prendre connaissance, le cas le plus évident de tromperie, de malfaisance, de détournement et de vol. Votre devoir maintenant est très simple. Vous allez vous retirer dans la salle de délibération et prendre la décision de faire ce que je vous dis. Vous devez rendre un verdict en faveur des accusés et déclarer que la Société de Bienfaisance Générale est le véritable propriétaire de la Vallée aux Sources. La cour va…

– Un instant ! lança une vieille voix caverneuse. Comme l'a dit ce vaurien il y a quelques minutes, pas si vite. Nous n'en avons pas encore fini.

Tous les yeux se tournèrent vers Grand-Mère Corneille.

– Tout le monde écoute ? demanda-t-elle. Je crois que ça en vaut la peine ! Nous avons encore trois autres témoins à citer. Ce ne sera pas long. Le prochain témoin est M. Giovanni Stracciatelli.

Jack n'avait jamais entendu parler de ce monsieur, pas plus qu'aucun des assistants. Les avoués se concertèrent de nouveau en chuchotant, mais ils ne savaient que faire. Quand M. Stracciatelli se présenta à la barre, chargé d'un gros livre relié en cuir, ils durent se contenter de lui jeter des regards soupçonneux.

– Vous êtes bien Giovanni Stracciatelli ? demanda Grand-Mère Corneille.

– Oui, c'est moi.

– Et quelle est votre profession ?

– Je m'occupe d'enregistrer les Associations déclarées d'intérêt public.

Les avoués bondirent sur leurs pieds et protestèrent en chœur, mais la voix de Grand-Mère Corneille couvrit leurs clameurs :

– Arrêtez votre comédie ! croassa-t-elle. C'est *vous* qui avez mis le sujet sur le tapis en prétendant que la Société de Bienfaisance Générale avait bel et bien été déclarée d'intérêt public par décret. Permettez-nous donc d'approfondir la question. Monsieur Stracciatelli, voudriez-vous s'il vous plaît nous lire les noms des administrateurs de la Société de Bienfaisance Générale ?

M. Stracciatelli chaussa une paire de lunettes et ouvrit son livre.

– *Administrateurs de la Société de Bienfaisance Générale*, lut-il. *Luigi Buffaloni, Piero Buffaloni, Federico Buffaloni, Silvio Buffaloni, Giuseppe Buffaloni et Marcello Buffaloni.*

Le public de la tribune se récria tandis que les avoués protestaient de plus belle.

– Merci, monsieur Stracciatelli, vous pouvez vous retirer, dit Grand-Mère Corneille. J'aimerais rappeler à la cour l'opinion de M. Pandolfo quant aux Buffaloni. Voici ce qu'il écrit : *Je désire avant tout que la ferme et l'ensemble des sources, puits, cours d'eau, étangs, rivières et fontaines ne tombent pas aux mains de mes cousins, ces vauriens de Buf-*

faloni, car je me méfie d'eux tous sans exception et ils ne sont qu'une bande de coquins.

Nouveau concert de protestations. Le juge avait l'air de plus en plus revêche.

– Certes, reprit Grand-Mère Corneille, vous pouvez dire que M. Pandolfo se trompait sur le compte des Buffaloni. Vous pouvez proclamer que les membres de cette illustre famille sont tous de petits anges. Mais là n'est pas la question. L'important, c'est que M. Pandolfo *ne voulait pas* que les Buffaloni mettent la main sur ses terres et qu'en revanche il *voulait* les léguer à l'épouvantail.

– Mais l'épouvantail n'existe plus ! cria M. Cercorelli. Je viens juste de le prouver !

– Vous ne vous êtes intéressé qu'à ses parties constituantes, non à son être tout entier, rétorqua Grand-Mère Corneille. Nous allons vous prendre au mot et supposer que seule compte la matière dont il est fait. J'appelle à la barre notre témoin suivant, M. Bernard le Merle.

Le merle s'envola et vint se percher sur la barre des témoins. Il semblait très intimidé par l'Épouvantail, lequel l'observait attentivement.

– Votre nom ? demanda Grand-Mère Corneille.

– Bernard.

– Racontez à la cour vos démêlés avec l'Épouvantail.

– Non, pas question.

Grand-Mère Corneille claqua du bec et Bernard poussa un cri de frayeur.

– D'accord ! Je vais tout dire ! Mais laissez-moi réfléchir. Tout s'est brouillé dans ma tête…

– Tu vas me faire le plaisir de retrouver tes esprits, gamin, croassa Grand-Mère Corneille. Autrement il ne te restera plus une plume quand tu rentreras au nid. Répète à la cour ce que tu m'as raconté.

– Il me terrifie ! dit Bernard en regardant l'Épouvantail.

– Il ne te fera aucun mal. Fais ce que je t'ai dit.

– D'accord, s'il le faut. J'étais sur la route, je ne sais plus où. J'avais tellement faim. Je l'ai vu qui sortait d'une roulotte, et puis je l'ai vu qui se cognait la tête. Remarquez, elle était différente de maintenant. C'était un navet.

– Peu importe comment était sa tête. Que faisait-il ?

– Il la cognait. Il se tapait sur le ciboulot. Puis un machin est tombé. Lui et le petit type, ils se sont penchés pour voir ce que c'était, et moi…

– Mon cerveau ! s'écria l'Épouvantail. C'était donc *vous*, canaille !

– Silence ! hurla le juge. Témoin, poursuivez.

– J'ai oublié ce que je disais, geignit le merle. Quand il me crie après, je deviens horriblement nerveux. Je suis d'une nature très impressionnable, je n'y peux rien. Vous ne devriez pas le laisser crier comme ça. Ce n'est pas juste. Pitié pour ma jeunesse !

– Cesse de te plaindre, lança Grand-Mère Corneille. Que s'est-il passé ensuite ? Quelque chose est tombé de sa tête. Qu'est-ce que c'était ?

– Un petit pois. Complètement desséché.

– C'était mon *cerveau* ! s'emporta l'Épouvantail.

– Arrêtez-le ! s'écria Bernard en tressaillant. Il

va me taper dessus ! Le monstre ! Vous avez vu le regard cruel qu'il m'a jeté ?

– Tu verras bien pis si tu continues ! croassa Grand-Mère Corneille. Raconte à la cour ce que tu as fait.

– Eh bien, j'ai pensé qu'il n'avait pas besoin d'un vieux légume. Alors je l'ai mangé.

Le merle poursuivit d'un ton pitoyable :

– J'étais affamé ! Je n'avais rien mangé depuis des jours. Quand j'ai vu ce petit pois, j'ai cru que le monstre l'avait jeté au rebut. C'est pour ça que je me suis permis de le picorer. Je n'avais aucune idée de son importance. D'ailleurs, il n'était pas fameux. Il était tellement sec...

– C'est bien.

– Il m'a donné des maux d'estomac.

– J'ai dit que c'était assez !

– Il aurait pu être empoisonné.

– Comment osez-vous ? s'exclama l'Épouvantail.

– Arrêtez-le ! Arrêtez-le ! cria Bernard en battant des ailes avec affolement. Vous avez vu comment il m'a regardé ? Vous l'avez entendu ? Au secours ! Il va me tuer !

– Cette fois ça suffit ! tonna Grand-Mère Corneille.

– J'attends un dédommagement, gémit Bernard. J'ai besoin d'un suivi psychologique. Cet épisode a réduit à néant ma jeunesse et mon bonheur. Je ne serai plus jamais le même. Il me faut une thérapie !

– Débarrasse le plancher et arrête de geindre, ordonna Grand-Mère Corneille. Sinon je vais te faire goûter une thérapie qui te guérira pour de bon.

Bernard sautilla le long de la barre des témoins. Il tressaillit ostensiblement en passant près de l'Épouvantail, quoique ce dernier n'ait pas fait un geste. Puis il vola droit vers la fenêtre et disparut.

Grand-Mère Corneille le suivit des yeux avec dégoût avant de déclarer :

– Notre dernier témoin est le serviteur de l'Épouvantail.

– Moi ? s'étonna Jack.

– Mais oui, mon garçon. Dépêche-toi.

Jack s'avança donc vers la barre. Les juges se

mirent aussitôt à objecter avec fièvre, mais le juge dit d'une voix lasse :

– Laissez-le témoigner. Le jury ne sera pas dupe des sornettes qu'il va débiter.

Grand-Mère Corneille commença l'interrogatoire :

– Dis au jury ce qui s'est passé sur l'île où vous étiez naufragés.

– D'accord. Eh bien, nous étions sur cette île déserte où il n'y avait rien à se mettre sous la dent. Comme j'allais mourir de faim, monseigneur l'Épouvantail m'a permis généreusement de manger sa tête. Sauf le cerveau, évidemment, puisqu'il avait déjà été avalé. J'ai donc commencé à la grignoter petit à petit, et je l'ai mangée presque tout entière. C'est ainsi que je suis resté en vie. Puis la noix de coco est tombée par terre et je l'ai plantée sur son cou. Je dois dire qu'il n'avait jamais été aussi beau. Sans le geste magnanime de monseigneur l'Épouvantail, qui a mis sa tête à ma disposition, je ne serais plus qu'un squelette à l'instant où je vous parle.

– Monsieur le juge, honorables membres du jury, déclara Grand-Mère Corneille, vous connaissez maintenant toute l'affaire. La Société de Bienfaisance Générale, qui gère actuellement des usines à poison dans la Vallée aux Sources et met à sec tous les puits, n'est qu'un paravent pour la famille

Buffaloni. M. Pandolfo voulait empêcher les Buffaloni de mettre la main sur son domaine et il l'a légué à l'Épouvantail. Or les seuls éléments de l'Épouvantail d'origine subsistant actuellement sont maintenant confondus indissolublement avec ceux de Bernard le Merle et de Jack, son valet. J'obtiendrai un mandat pour agir à la place de Bernard au nom de tous les oiseaux, puisque ce malheureux n'est qu'un bon à rien. De toute façon, nous soutenons que le royaume des oiseaux, ainsi que Jack le valet, sont maintenant sans discussion possible et à perpétuité les véritables propriétaires de la Vallée aux Sources.

– Les jurés n'ont pas encore entendu mon résumé des débats, intervint le juge. Ils peuvent commencer par oublier tout ce qu'ils viennent d'entendre. Il convient de ne tenir aucun compte des allégations des témoins produits par l'Épouvantail. En effet, ils sont plus favorables audit Épouvantail qu'à la Société de Bienfaisance Générale, une entreprise dont l'utilité publique est aussi reconnue qu'inestimable et dont les administrateurs sont remarquables pour leur honnêteté et leur intégrité, sans oublier qu'ils sont les employeurs d'une bonne partie de l'assistance en général et du jury en particulier. Mesdames et messieurs les jurés, vous savez où se trouve votre intérêt – je veux dire, votre devoir. Entrez dans la salle des délibérations et prononcez votre jugement contre l'Épouvantail.

– Inutile, monsieur le juge, dit le président du jury. Notre décision est déjà prise.

– Parfait ! Il ne me reste plus qu'à féliciter la Société de Bienf…

– Non ! lança le président. Nous donnons gain de cause à l'Épouvantail.

– *Quoi ?*

Tous les avoués bondirent sur leurs pieds en éclatant en protestations, mais le président du jury ne fit pas attention à eux.

– Toutes ces histoires ne nous intéressent pas, reprit-il. C'est une simple question de bon sens. Peu importe qu'il soit fait de bric et de broc, c'est toujours le même Épouvantail. N'importe quel idiot s'en rendrait compte. D'ailleurs, nous en avons tous plein le dos de voir les fontaines à sec. Voici donc notre décision : la Vallée aux Sources appartiendra *à part égale* aux oiseaux, au valet et à l'Épouvantail. Il n'y a pas à y revenir. Le peuple a parlé.

Des acclamations enthousiastes s'élevèrent dans la tribune du public. Le juge s'égosilla pour obtenir le silence, mais en vain. Les avoués continuaient d'argumenter, mais eux aussi n'intéressaient plus personne.

La foule souleva Jack et l'Épouvantail, et ils

firent une sortie triomphale sur les épaules de leurs admirateurs. Grand-Mère Corneille alla se percher sur la fontaine de la place tandis que l'Épouvantail prononçait un discours :

– Mesdames et messieurs ! lança-t-il. Je vous remercie du fond du cœur pour votre soutien. Vous avez ma parole d'honneur que dès que nous aurons fermé les usines à poison, les sources couleront de nouveau en liberté et cette fontaine ruissellera d'eau fraîche pour tout le monde.

Les acclamations redoublèrent. Puis la foule se tut brusquement et tous les regards se tournèrent vers l'hôtel de ville, d'où sortait un groupe d'hommes. Ils arboraient des vêtements coûteux, des lunettes noires et un air sévère. Et ils se dirigeaient vers l'Épouvantail.

Jack entendit des chuchotements dans la foule.

– Luigi, Piero, Federico, Silvio, Giuseppe, Marcello... La famille Buffaloni au grand complet !...

Il dit à son maître :

– Eh bien, je crois qu'il va y avoir du grabuge. Vite, décampons !

– Pas question ! s'écria l'Épouvantail.

Et il fit face hardiment aux Buffaloni, la noix de coco haute, le parapluie bien d'aplomb. C'était vraiment le modèle du héros sans peur et sans reproches.

Les Buffaloni s'arrêtèrent juste devant lui. Six

hommes imposants, riches et puissants, vêtus de costumes luisants. Chacun retint son souffle.

Puis celui des Buffaloni se tenant au centre tendit la main à l'Épouvantail en s'exclamant :

– Toutes nos félicitations, mon ami !

L'Épouvantail lui serra la main avec chaleur. Tous les autres Buffaloni firent alors cercle autour de lui et se mirent à lui taper dans le dos, ébouriffer sa noix de coco, lui donner des bourrades amicales, lui serrer la main et l'embrasser avec enthousiasme.

– Nous avons perdu un procès, déclara l'aîné. La belle affaire ! Le monde est grand et regorge d'opportunités pour les esprits entreprenants. Sur notre magnifique planète, il y a place *à la fois* pour les Buffaloni et pour les Épouvantails !

– Bonne chance à vous, monseigneur l'Épouvantail ! Tous nos vœux pour vos aventures dans le monde des affaires !

– Si vous avez besoin de notre aide, vous n'avez qu'un mot à dire !

– Nous n'éprouvons que du respect pour un adversaire courageux !

– A dater de ce jour, les Buffaloni et les Épouvantails sont amis. Des amis comme on en voit peu !

Puis un cafetier apporta du vin. Les Buffaloni et l'Épouvantail portèrent un toast à l'amitié. La place se mit à retentir de rires heureux. Quelqu'un sortit un accordéon et bientôt la foule entière était occupée à chanter, danser, rire, boire et lancer des fleurs à l'Épouvantail, lequel était le héros incontesté de la fête.

XV
Les termites du crime

Cette nuit-là, ils dormirent dans la ferme de la Vallée aux Sources. Le lendemain matin, Jack fut réveillé par les cris de son maître :

– Jack ! Jack ! Au secours ! Je ne me sens pas bien du tout !

– Ce n'est pas grave, maître, dit Jack en accourant. Vous avez bu trop de vin la nuit dernière. Venez faire un tour. Marcher fera du bien à votre tête.

– Non, ce n'est pas ma tête, répliqua l'Épouvantail. Ce sont mes jambes, mes bras, mon dos. J'ai été empoisonné. Au secours !

Indéniablement, il n'avait pas l'air en forme. Même sa noix de coco avait pâli. Quand il essaya de se lever, il s'effondra. Il resta allongé en gémissant qu'il sentait des élancements dans ses bras et ses jambes.

– Des élancements, maître ?

– Oui, Jack ! D'atroces, d'effroyables élancements ! J'ai l'impression d'être dévoré vivant ! Fais venir d'urgence le médecin !

Jack courut en ville chercher le médecin. Grâce au procès, l'Épouvantail était maintenant une célébrité. L'homme de science se hâta de rassembler ses affaires et partit sur-le-champ, suivi d'une troupe de curieux.

Quand ils arrivèrent, l'Épouvantail était tourmenté par ses élancements et poussait des plaintes à fendre l'âme.

– Que se passe-t-il, docteur ? demanda Jack. Écoutez-le ! Il est vraiment mal en point ! Que peut-il bien avoir ?

Le médecin saisit son stéthoscope et ausculta la poitrine du malade.

– Bonté divine, s'exclama-t-il, je n'aime pas ça du tout. Laissez-moi prendre votre température.

– Non, non ! Surtout pas ! protesta l'Épouvantail. Une fois que vous me l'aurez enlevée, je serai complètement glacé. Pour l'instant, j'ai *à la fois* chaud et froid. Oh, c'est horrible ! Oh, personne ne sait ce que j'endure !

– Quels autres symptômes sentez-vous ?

– Des convulsions internes. Et une peur sans nom.

– Une peur sans nom ? Mon Dieu, c'est très mauvais. De quoi avez-vous peur ?

– Je ne sais pas ! Des chevaux ! Des œufs ! De l'altitude ! Oh ! Oh ! Je me sens affreusement mal ! Au secours ! A l'aide !

L'Épouvantail se mit à bondir à travers la chambre en sautillant, en gambadant et en faisant des cabrioles comme une chèvre.

– Que fabrique-t-il, docteur ? demanda Jack. Je ne l'ai jamais vu dans un tel état. Est-ce qu'il va mourir ?

– Il a manifestement été piqué par une araignée, expliqua le médecin. Toutes les autorités médicales sont d'accord pour considérer la danse comme le meilleur remède.

L'Épouvantail l'entendit et s'effondra par terre, terrifié.

– Une araignée ! Oh, non, docteur ! Tout mais pas ça ! Je vais devenir fou de désespoir !

– Dans ce cas, maître, observa Jack, vous feriez mieux de continuer de danser.

Mais le pauvre Épouvantail fut incapable d'esquisser un autre pas de danse.

– Non, je ne peux plus bouger ! s'écria-t-il. Mon corps a perdu toute sa vigueur... Ma peur sans nom est en train de glacer jusqu'à mes pieds...

– Laissez-moi tâter votre pouls, dit le médecin.

L'Épouvantail tendit sa main gauche. Dès que le médecin toucha son poignet, le parapluie s'ouvrit. Effrayé, l'homme de science fit un bond en arrière.

– Essayez l'autre main, dit Jack. Allons, maître, pointez le doigt vers quelque chose.

Le médecin prit d'une main le poteau indicateur, de l'autre une grosse montre en argent. Jack regarda l'Épouvantail, qui regarda le médecin, qui regarda la montre.

Au bout d'une minute, le médecin déclara d'un ton solennel :

– Le patient ne donne absolument aucun signe de vie.

L'Épouvantail poussa un cri perçant.

– Oh, non ! Je suis mort ! A l'aide ! Au secours !

– Vous ne pouvez pas être déjà mort, maître, observa Jack. Vous ne feriez pas un pareil vacarme.

Puis il demanda au médecin :

– Il n'a donc rien que vous pourriez guérir, docteur ?

– Mon Dieu, c'est un cas difficile. Les perspectives sont vraiment mauvaises. Je ne vois qu'une chose à faire...

– Quoi ? s'exclamèrent de concert l'Épouvantail et Jack.

– Il va falloir que je l'opère. Étendez-vous sur le lit, je vous prie.

Le pauvre Épouvantail tremblait de la tête aux pieds.

– Vous n'allez pas l'endormir d'abord ? s'inquiéta Jack.

– Bien sûr que si, répliqua le médecin. Bonté divine, vous me croyez né de la dernière pluie ?

En entendant ces mots, l'Épouvantail regarda aussitôt dehors pour voir s'il avait plu. Le praticien en profita pour taper sur sa noix de coco avec un marteau en caoutchouc. L'Épouvantail s'affaissa, assommé.

– Et maintenant ?

– Déshabillez-le, dit le médecin. Puis donnez-moi mon canif.

L'assistance retint son souffle et chacun tendit le cou pour mieux voir. Jack déboutonna la veste de l'Épouvantail, exposant aux regards sa chemise d'où la paille sortait par tous les trous et son pauvre cou en bois qui dépassait du col.

Son immobilité était telle que Jack crut que son maître était vraiment mort. Avant que le médecin ait pu esquisser un geste, Jack se jeta sur l'Épouvantail en pleurant et en criant :

– Oh, maître, ne soyez pas mort ! S'il vous plaît, je ne veux pas que vous soyez mort ! Je vous en supplie, ne mourez pas !

Secoué de sanglots, il s'accrocha au pauvre vieil Épouvantail et rien ne put le faire bouger. Plusieurs assistants se mirent à leur tour à sangloter. Bientôt, la pièce entière résonna de pleurs et de gémissements et tous les yeux versèrent des torrents de larmes. Même le médecin fut contraint de prendre son mouchoir et de se moucher vigoureusement.

Les oiseaux avaient appris eux aussi la nouvelle et un concert de lamentations s'éleva dans tous les champs alentour. Arbres et buissons retentirent de cris affligés :

– L'Épouvantail se meurt !

– Il a été empoisonné !

– Il a été assassiné !

Cependant les plaintes les plus assourdissantes

provenaient de la chambre dans la ferme de la Vallée aux Sources, où Jack et les habitants de la ville étaient rassemblés autour de l'Épouvantail. C'était du reste lui-même qui poussait ces hurlements pitoyables, car tout ce bruit l'avait réveillé.

Il bondit du lit en criant :

– Oh ! Oh ! Je suis mourant ! Je suis empoisonné ! Hélas, quelle perte pour le monde ! Trahison ! Au meurtre ! A l'assassinat ! Oh, Jack, mon cher garçon, est-ce que le docteur m'a déjà ouvert ?

– Il allait justement le faire.

– Oh ! Oh ! Oh ! Que je me sens mal ! Toute ma colonne vertébrale est agitée de convulsions ! On dirait qu'un million de démons miniatures sont en train de me grignoter ! Aïe, ma jambe se détache ! Je tombe en morceaux, Jack ! Au secours ! Au secours !

Terrifié, l'Épouvantail se mit à courir d'un bout à l'autre de la chambre. Le médecin lui courut après en essayant de l'endormir d'un coup de marteau en caoutchouc. Et Jack les suivit en courant pour ramasser tous les morceaux qui tombaient par terre – une ficelle, des bouts de bois échappés de son pantalon, de la paille en abondance. Pendant ce temps, le reste de l'assistance pleurait et gémissait.

Soudain, Jack entendit un croassement retentissant. Il leva les yeux et s'écria avec soulagement :

– Grand-Mère Corneille ! Dieu soit loué, vous êtes de retour ! Monseigneur l'Épouvantail est tombé malade et le docteur dit...

– Peu importe ce que dit le docteur, lança-t-elle en se perchant sur le rebord de la fenêtre. Il n'a pas besoin d'un médecin mais d'un charpentier. Je suis donc allée en chercher un. Le voici.

Un vieil homme vêtu d'un tablier de charpentier entra dans la chambre. Il portait une valise à outils.

– Tenez-vous tranquille, monseigneur l'Épouvantail ! dit-il. Permettez-moi de vous examiner.

– C'est mon patient, intervint le médecin. Ne vous en mêlez pas !

– Je veux un second avis ! s'écria l'Épouvantail. Laissez-le jeter un coup d'œil !

Jack aida son maître à se recoucher sur le lit. Le charpentier chaussa des lunettes et observa attentivement les jambes de l'Épouvantail puis le bâton lui servant de colonne vertébrale. Il les tapota avec un crayon, les palpa en tous sens et regarda sous toutes les coutures le poteau indicateur défraîchi.

Il se redressa enfin, le visage grave. Tout le monde se tut.

– Mon avis d'expert, déclara-t-il, c'est que ce monsieur est atteint d'une forme aiguë de vermoulure.

L'Épouvantail poussa un cri d'horreur. Les assistants étaient glacés.

– Et si je ne me trompe, poursuivit le charpentier, des termites ont envahi son rembourrage et des vrillettes infestent sa colonne vertébrale.

L'Épouvantail jeta un regard désespéré à Jack et chercha sa main.

– Pouvons-nous le sauver ? demanda Jack.

– Son cas nécessite une greffe immédiate, répondit le charpentier. Il a besoin d'une nouvelle colonne vertébrale et il faut renouveler entièrement son rembourrage. Remarquez, il ne semble pas infesté depuis longtemps. Tout cela est bien suspect. Si vous voulez mon avis d'expert, on lui a glissé hier dans le cou tous ces termites, vrillettes et vers du bois.

– Les Buffaloni ! s'exclama Jack. C'est pour ça qu'ils sont venus l'embrasser et lui taper dans le dos ! Bandits ! Assassins !

L'Épouvantail était paralysé par l'effroi. Il n'avait plus la force que de rester couché en gémissant.

Jack entreprit de fouiller la ferme à la recherche d'un balai, mais les seuls qu'il trouva étaient déjà infestés de vers du bois, cassés en deux ou amollis par la pourriture sèche.

En désespoir de cause, il se mit en quête d'un bâton quelconque, mais tous ceux qu'il vit étaient trop courts, trop tordus ou trop fragiles.

Il retourna alors en courant au chevet de l'Épouvantail allongé sur son lit, pâle et faible. Le malheureux était secoué de convulsions et geignait doucement.

La chambre était maintenant pleine à craquer. Aux premiers visiteurs s'étaient jointes plusieurs vieilles dames vêtues de noir, qui pleuraient, gémissaient et s'arrachaient les cheveux. A cette époque, chaque ville avait une troupe de pleureuses professionnelles. Ces dames étaient les pleureuses de Bella Fontana. Apprenant que monseigneur l'Épouvantail était à l'agonie, elles

étaient accourues pour offrir leurs services. Il faut dire qu'elles avaient manqué la mort du pauvre M. Pandolfo, de sorte qu'elles voulaient absolument se racheter.

– Mesdames, dit Jack, je sais que vos intentions sont les meilleures du monde, mais il se trouve que les épouvantails apprécient plutôt des chansons joyeuses. Ne pourriez-vous pas en chanter quelques-unes ?

– Ce ne serait pas respectueux ! répliqua l'une des vieilles dames. On nous a toujours dit qu'il convient de pleurer et de gémir au chevet d'un agonisant, afin de lui rappeler pour quel genre de voyage il va s'embarquer.

– Eh bien, c'est certainement très remontant et je suis sûr que les mourants sont ravis de votre intervention. Mais avec les épouvantails, c'est différent. Soit vous l'égayez avec des chansons, des danses, des histoires et des plaisanteries, soit vous rentrez chez vous.

– Humph ! grogna la doyenne des pleureuses d'un air choqué.

Cependant Jack réussit à dénicher une bouteille du meilleur vin de M. Pandolfo et elles acceptèrent d'essayer de chanter et de danser, juste pour voir ce que cela donnait.

– Oh, Jack, chuchota l'Épouvantail. Mes aventures touchent à leur fin !

– Courage, maître. La situation pourrait être pire. Vous êtes couché dans votre lit, dans la ferme de votre domaine, alors que vous pourriez être planté au milieu d'un champ boueux ou reposer à l'état de bois mort sur un champ de bataille ou flotter dans la mer et servir de festin aux poissons. Ici vous avez des draps propres, sans compter ces charmantes dames qui chantent pour vous. Et on est en train de remuer ciel et terre pour vous trouver une nouvelle colonne vertébrale. Mais de grâce, maître, ne mourez pas ! Oh, oh, oh !

Le pauvre Jack se remit à gémir et à sangloter. Au risque d'attraper des vers du bois, il jeta ses bras autour de l'Épouvantail.

Les vieilles dames changèrent aussitôt d'humeur. Après avoir chanté et dansé « Funiculi, Funicula » puis « Papà Piccolino », elles venaient d'entonner « Volare ». Mais quand elles entendirent les lamentations de Jack, elles recommencèrent à pleurer de plus belle en poussant des cris perçants. L'Épouvantail se joignit au concert. Ils faisaient un tel tapage qu'ils ne s'aperçurent pas du retour du médecin et du charpentier. Il fallut que des douzaines d'oiseaux volettent autour de leurs têtes et que Grand-Mère Corneille croasse de toutes ses forces pour qu'enfin les pleurs et les cris se taisent.

– Nous avons un balai, annonça le charpentier.

Et il est beau. C'est cette vieille corneille qui l'a trouvé. Maintenant, le docteur et moi-même allons procéder à la greffe. Pour des raisons de concentration et d'hygiène, vous êtes tous invités à quitter la salle d'opération. Quand elle sera terminée, monseigneur l'Épouvantail aura besoin de calme et de repos pour récupérer. En attendant, vous pouvez croiser les doigts.

Tous les habitants de la ville quittèrent donc la chambre. Avec l'aide de Jack, le médecin et le charpentier ôtèrent la vieille colonne vertébrale vermoulue et toute la paille infestée d'insectes. Ils mirent en place délicatement le nouveau bâton fourni par Grand-Mère Corneille et rembourrèrent solidement l'Épouvantail avec des poignées de paille propre et fraîche provenant de la grange.

– Eh bien, dit le médecin quand ils eurent fini et se furent lavé les mains. Nous avons mis en œuvre tous les moyens offerts par la médecine. A présent, nous devons nous en remettre à la Nature. Gardez le patient au chaud et veillez à renouveler ses pansements deux fois par jour. Si tout se passe bien…

– Jack, mon garçon, lança une voix bien connue derrière eux. Je me sens déjà beaucoup mieux ! Je crois qu'un bol de soupe me ferait plaisir.

XVI
La Vallée aux Sources

Ils ne parvinrent jamais à faire inculper les Buffaloni pour tentative d'assassinat aux termites. L'affaire resta donc irrésolue, mais les Buffaloni renoncèrent à s'en prendre à eux.

L'usine à poison fut fermée et remplacée par une entreprise d'eau minérale. L'eau de la Vallée aux Sources est célèbre, maintenant. Tout restaurant un peu chic la propose sur sa carte.

Ils ont nettoyé la contrée, déblayé les fossés, rouvert les puits et débouché les tuyaux. Aujourd'hui, les fontaines de la ville déversent jour et nuit une eau savoureuse et limpide. Les enfants jouent dans les bassins à patauger tandis que les oiseaux se lavent dans les bains municipaux qui leur sont réservés. L'eau de la Vallée aux Sources coule dans chaque foyer. Toutes les maisons possèdent des robinets fournissant trois types d'eau : chaude, froide et pétillante.

Quant à l'Épouvantail, personne n'était plus heureux que lui. Le balai que Grand-Mère Corneille avait trouvé pour la greffe, ce balai auquel il devait la vie, était en fait une demoiselle : celle-là même dont il était tombé jadis amoureux. Le râteau, son fiancé, l'avait quittée pour une pelle à poussière. Malheureuse et délaissée, elle était passée de main en main sans jamais cesser de regretter le bel Épouvantail qui l'avait demandée en mariage. Quand ils se trouvèrent réunis contre

toute attente, leur félicité ne connut plus de bornes.

L'Épouvantail passe ses journées à vagabonder dans la Vallée aux Sources, en jouant avec les enfants de Jack, en éloignant du blé en herbe les oiseaux trop gourmands et en jouissant de l'air frais. S'il chasse les oiseaux, cependant, c'est pour les amener à une boîte remplie de graines qu'il garde spécialement pour eux derrière la grange. De plus, il a toujours un nid dans la poche de sa veste. Les petits oiseaux, moineaux ou rouges-gorges, font la queue pour avoir l'honneur d'y couver : il y a une liste d'attente. L'Épouvantail et son épouse balai sont aussi fiers des œufs que s'ils les avaient pondus eux-mêmes.

Je vous entends vous exclamer :

– Les enfants de Jack ?

Eh, oui. Au bout de quelques années, une fois devenu adulte, Jack s'est marié. Sa femme s'appelle Rosina et ses enfants ont pour noms Giulietta, Roberto et Maria. Ils sont tous gais comme des pinsons. Grand-Mère Corneille est la marraine des petits. Elle ne tolère pas qu'ils racontent des bêtises et ils l'aiment de tout leur cœur.

Les soirs d'hiver, assis près du feu après avoir avalé une bonne soupe, tandis que les enfants jouent devant l'âtre et que le vent mugit sur les toits, Jack et l'Épouvantail évoquent leurs aventures en bénissant le hasard qui leur a permis de se rencontrer. Jamais un valet n'eut un aussi bon maître, Jack en est certain. Et l'Épouvantail est sûr que jamais, depuis que le monde est monde, un épouvantail n'eut un valet aussi honnête et fidèle.

TABLE DES MATIÈRES

PHILIP PULLMAN

L'AUTEUR

Philip Pullman est né en Angleterre, à Norwich, en 1946. Il a vécu durant son enfance en Australie et au Zimbabwe où il a effectué une partie de sa scolarité. Diplômé de l'université d'Oxford, il a longtemps enseigné dans cette ville où il vit toujours avec sa femme.

Il est, dès son plus jeune âge, passionné par les contes. Très vite, il veut devenir écrivain – terme qu'il juge cependant inapproprié. Philip Pullman adopte une position modeste par rapport à la création littéraire : pour lui, il ne fait qu'écrire des histoires. Derrière cette discrétion, se cache un homme de caractère. A travers ses personnages, on peut percevoir une vision positive de l'homme. Philip Pullman a contruit une œuvre à son image, tout à la fois rigoureuse et fantaisiste, dynamique et originale.

La plupart des livres de Philip Pullman sont destinés à la jeunesse, mais il écrit aussi pour les adultes et signe, à l'intention des jeunes spectateurs, des adaptations théâtrales d'œuvres littéraires célèbres.

Il est l'auteur de la célèbre trilogie ***A la croisée des mondes***, publiée par Gallimard Jeunesse. Le troisième tome, *Le Miroir d'ambre*, a reçu le prix Whitbread 2001, l'une des deux plus prestigieuses récompenses anglaises, attribuée pour la première fois de l'histoire des prix littéraires à une œuvre de littérature de jeunesse.

Il a également publié aux éditions Gallimard Jeunesse : *J'étais un rat !* et la série des Sally Lochkart (Folio Junior) ; *La Magie de Lila* (Folio Cadet) ; *Lyra et les oiseaux* (Hors Série) ; *Aladin et la lampe merveilleuse* (Album illustré).

Découvrez la célèbre trilogie
de **Philip Pullman**
parue chez Gallimard Jeunesse

« À LA CROISÉE DES MONDES »

vol. 1
LES ROYAUMES DU NORD

vol. 2
LA TOUR DES ANGES

vol. 3
LE MIROIR D'AMBRE

Découvrez les aventures de
SALLY LOCKHART
parues en Folio Junior

vol. 1
LA MALÉDICTION DU RUBIS

vol. 2
LE MYSTÈRE DE L'ÉTOILE POLAIRE

vol. 3
LA VENGEANCE DU TIGRE

vol. 4
LA PRINCESSE DE RAZKAVIE

Mise en pages : Dominique Guillaumin

Loi n°49-956 du 16 juillet 1949
sur les publications destinées à la jeunesse
ISBN 2-07-052294-6
Numéro d'édition : 133870
Numéro d'impression : 73723
Dépôt légal : mai 2005
Imprimé en France
sur les presses de la Société Nouvelle Firmin-Didot